CB076265

As MAIS 2

Patrícia Barboza

As MAIS 2
Eu me mordo de ciúmes

1ª edição

Rio de Janeiro-RJ / Campinas-SP, 2012

VERUS
editora

Editora: Raïssa Castro
Coordenadora Editorial: Ana Paula Gomes
Copidesque: Anna Carolina G. de Souza
Revisão: Maria Lúcia A. Maier
Capa e Projeto Gráfico: André S. Tavares da Silva
Ilustrações: Isabela Donato Fernandes

ISBN: 978-85-7686-197-3

Copyright © Verus Editora, 2012

Direitos mundiais reservados em língua portuguesa por Verus Editora. Nenhuma parte desta obra pode ser reproduzida ou transmitida por qualquer forma e/ou quaisquer meios (eletrônico ou mecânico, incluindo fotocópia e gravação) ou arquivada em qualquer sistema ou banco de dados sem permissão escrita da editora.

Verus Editora Ltda.
Rua Benedicto Aristides Ribeiro, 55, Jd. Santa Genebra II, Campinas/SP, 13084-753
Fone/Fax: (19) 3249-0001 | www.veruseditora.com.br

CIP-BRASIL. CATALOGAÇÃO NA FONTE
SINDICATO NACIONAL DOS EDITORES DE LIVROS, RJ

B195m

Barboza, Patrícia, 1971-
   As mais 2 : eu me mordo de ciúmes / Patrícia Barboza ; [ilustração Isabela Donato Fernandes]. - 1.ed. - Campinas-SP : Verus, 2012.
   il. ; 23 cm

   ISBN 978-85-7686-197-3

   1. Literatura infantojuvenil brasileira. I. Fernandes, Isabela Donato, 1974-. II. Título.

12-4966
CDD: 028.5
CDU: 087.5

Revisado conforme o novo acordo ortográfico

Carta aos leitores

Em primeiro lugar, quero agradecer pelo carinho que tenho recebido desde a publicação do livro de estreia da série *As MAIS*. Quando criei as personagens Mari, Aninha, Ingrid e Susana, não imaginei que fossem agradar a tanta gente. O livro, inicialmente destinado aos adolescentes, vem conquistando também crianças e adultos.

Apenas um mês depois do lançamento, comecei a receber inúmeros pedidos de leitores que queriam a continuação da história. E o mais legal de tudo isso é que os leitores conseguiram se identificar com cada uma das personagens.

Então surgiu a ideia: E se eu escrevesse um volume para cada uma delas?

Comecei a refletir sobre o assunto. Recebi um monte de sugestões e, após analisar tudo, resolvi abordar um tema que de certa forma é complicado e polêmico: o ciúme.

No fim do livro *As MAIS*, o Eduardo, namorado da Susana, ganha um concurso para gravar uma música em estúdio e, quem sabe, virar um cantor famoso. Além de tudo, ele é um gato! Que atire a primeira pedra quem nunca foi fã de um cantor ou do vocalista de uma banda. Eu mesma já gritei em shows, tirei fotos com famosos e colecionei diversos materiais sobre eles na minha adolescência. Mais do que isso. Quem nunca sonhou em se casar com seu ídolo e até escolheu os nomes dos filhos que teria com ele?

Quando assistimos a reportagens sobre shows na tevê, vemos garotas gritando enlouquecidamente pelos seus ídolos. Todas querem chegar perto, tanto que eles precisam andar com seguranças para ter a integridade física preservada. Mas vocês já pararam para pensar como a namorada deles se sente? Com todas essas garotas gritando e querendo conquistá-los? Não deve ser nada fácil ser namorada de artista famoso...

Neste segundo volume da série, a narradora é a Mari, que, assim como o Eduardo, também quer ser artista e vai entrar em um curso de teatro. Será que o Lucas, namorado da Mari, vai ficar enciumado com o possível sucesso dela? Ou será ela a ciumenta da história? E a Susana? Será que ela vai saber lidar com todas as fãs do Eduardo? E a Aninha e a Ingrid, como ficarão no meio dessa confusão toda?

Outros temperos para o ciúme: redes sociais. Vai dizer que você nunca fuxicou o perfil do Facebook do ser amado? Que nunca ficou desconfiada ou com raiva de alguns recadinhos, digamos assim, melosos demais? Ou quis socar a tela do computador quando viu alguma foto?

Será que o ciúme é mesmo o tempero do amor? Há quem ache fofo. Mas o ciúme pode sufocar e até acabar criando filmes na mente de quem se sente ameaçado, arruinando o relacionamento.

O ciúme já foi tratado de várias formas na literatura. Esta é a minha versão. Temperada com música e internet. Espero que gostem!

Patrícia Barbosa

Sumário

1 Férias? Uebaaa! 9
2 Dentro do coração..14
3 A diva do funk..21
4 Rumo ao estrelato?..29
5 Com a consciência mais tranquila..36
6 Edu é popstar!..42
7 O preço da fama..48
8 Mãe, compra outra marca de sabão em pó!..54
9 Não quero crescer não, dá pra parar?..63
10 O ciúme é uma doença contagiosa?..69
11 A intervenção das MAIS 78
12 E as férias chegaram ao fim 86
13 Ensino médio, aqui vamos nós!..92
14 A semana das surpresas (e micos coloridos)..98
15 Luz, câmera, ação!..105
16 Outras comemorações 110
17 Procurando novos horizontes?..116
18 A vida é feita de vários começos 124
19 Oi, ciúme! Você por aqui de novo?..131
20 Caminhos opostos..136

1
Férias? Uebaaa!

Sol, preguiça, mar, preguiça, dormir tarde vendo filme, preguiça, pipoca, preguiça. As férias estão ótimas! Mais do que merecidas, vamos combinar. O último ano do ensino fundamental foi cheio de fortes emoções e precisamos repor as energias para o início do ensino médio. E as minhas eu reponho ali na minha caminha, com a colcha que ganhei de Natal da Ingrid. Ela me deu uma colcha infantil de presente. Das princesas! Isso mesmo. E eu ameeeei!! É a maior fofura, sério. E não é pequena não. É grande! Acabamos descobrindo que mais e mais adolescentes (e adultas!) adoram coisas com temas infantis.

E daqui a pouco... ensino médio! Estou ficando velha, não acredito!

Muito bem, mas, antes de pensar no colégio, em física, química e biologia, vamos aproveitar as férias. Diferentemente do ano passado, quando aquelas mocreias da Aninha, da Ingrid e da Susana me abandonaram sozinha aqui no Rio de Janeiro, estamos aproveitando para passear pelos pontos turísticos da cidade. Está sendo ótimo. Já visitamos o Cristo Redentor e andamos no bondinho do Pão de Açúcar. A próxima parada é o Forte do Leme. Foi ideia do Caíque, namorado da Ingrid. A gente combinou de se encontrar às 14h30.

Todo mundo aqui de casa saiu e eu vou ter de me virar com meu almoço. Hoje vou ficar sem as delícias do Evandro, meu pai mestre-cuca.

Abri a geladeira e... nada! Gente, que pobreza essa geladeira. Tive que sair para comprar alguma coisa.

Aproveitei para buscar as fotos que mandei revelar para renovar o mural do meu quarto. Tenho um mural grandão, cheio de fotos e coisas que eu curto, como ingressos de shows, entradas de cinema ou mesmo algum bilhetinho fofo do Lucas.

Quando abri o envelope que a atendente da loja me entregou, nem acreditei como ficaram lindas! Tiramos tantas fotos digitais e publicamos nas redes sociais que nem nos lembramos de mandar revelar. Escolhi aquelas que representavam bem os acontecimentos dos últimos meses:

1. O Lucas e eu, arrumados e lindos para o aniversário da Giovana, quando dançamos a valsa da festa de 15 anos dela. Ah! E teve aquele fatídico acidente com o laço do meu vestido. Hahahaha! Ainda bem que a foto foi tirada antes.
2. De novo, o Lucas e eu. Dessa vez vestidos de Romeu e Julieta para a peça do CEM. Foi aí que eu tive um estalo e percebi que queria ser atriz!
3. O momento em que a Aninha foi anunciada como a nova presidente do grêmio pela coordenadora do colégio, a Eulália. Todos em volta aplaudiram. Foi lindo.
4. A Ingrid em seu "momento família". Ela, o Caíque, o irmãozinho dele e a Jéssica, quando os quatro foram ao cinema pela primeira vez. Eles foram assistir justamente a *Coelhos alienígenas*. Como eu zoei a minha amiga... Mas achei a foto tão fofa que mandei revelar.
5. Quando fomos torcer pelo Eduardo na competição da Estação do Som. Nossa, nesse dia a Susana nem poderia imaginar que eles se tornariam namorados!
6. A grande final do intercolegial de vôlei, quando o CEM foi campeão e a Susana se destacou no campeonato.
7. E, por fim, eu e as meninas no shopping quando pegamos o livro das MAIS que escrevemos juntas! Realmente esse foi um momento mágico!

Férias? Uebaaa!

Duas ruas depois da minha, tem uma daquelas padarias gigantes que é a mais pura tentação. O frango assado dali é uma das coisas mais deliciosas. E ainda vem com batata frita. Hummm... Resolvi ir até lá comprar para o almoço. Não estava com vontade de preparar macarrão instantâneo pela vigésima vez naquelas férias. Queria algo diferente e gostoso. E eu, Maria Rita Furtado Linhares, não conseguiria fazer nada além de queimar as panelas do meu pai.

A atendente fez um embrulho e o colocou numa sacola plástica. Fui andando calmamente pela rua, de volta para casa, quando percebi as pessoas rindo. O que é normal acontecer comigo. Olhei para minha roupa. Nada sujo nem rasgado. Continuei caminhando. E as pessoas olhavam, viravam o pescoço e riam.

Resolvi parar para tentar entender o que estava acontecendo. Olhei em volta e tinha um cachorro de rua logo atrás de mim. Paradinho. Comecei a andar e ele também. Parei de novo. Ele me imitou. Ai, não! Ele estava me seguindo, por isso o povo estava rindo. Mas nem para me avisarem, né? Afe! Claro que ele me seguiu atraído pelo cheiro do frango assado. Tadinho, devia estar com fome. Mas eu morro de medo de cachorro de rua!

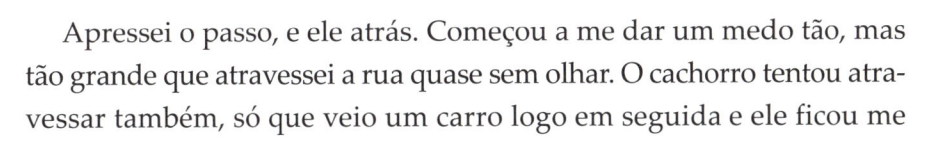

Apressei o passo, e ele atrás. Começou a me dar um medo tão, mas tão grande que atravessei a rua quase sem olhar. O cachorro tentou atravessar também, só que veio um carro logo em seguida e ele ficou me olhando da calçada lá do outro lado. Disparei sem virar para trás. Só quando cheguei na portaria do meu prédio é que fui ver se ele continuava me seguindo, mas, por sorte, eu tinha conseguido despistá-lo. Ufa!

– O que foi, Mari? Que cara de assustada é essa? – O porteiro estranhou meu jeito esbaforido e meus olhos arregalados.

– Você acredita que um cachorro sem-vergonha estava me seguindo na rua? Saí correndo de medo.

– Que abusado! Andando atrás de uma moça assim? É o fim do mundo.

Só quando a porta do elevador fechou e eu apertei o botão do meu andar é que entendi o que ele falou. Ele pensou que eu tinha xingado algum cara na rua de *cachorro*! Hahahaha! Só comigo, meu Deus! Não consigo deixar de pagar mico nem comprando um simples frango de padaria.

Almocei e coloquei o que sobrou na geladeira. Vesti shorts, camiseta e tênis. Na bolsa, protetor solar, umas balinhas e um dinheirinho para o lanche.

Marcamos de nos encontrar na estação Botafogo do metrô. Era apenas uma estação até Copacabana e dali pegaríamos o ônibus de integração para o Leme. A diversão já começou aí. Quatro casais andando juntos parece até um arrastão. Não tem quem não olhe. O Lucas e eu, a Aninha e o Guiga, a Ingrid e o Caíque e a Susana e o Eduardo.

E eu, toda desligada, não entendi o que seria "ir ao Forte do Leme". Como já tinha visitado o Forte de Copacabana, pensei que seria a mesma coisa. Mas estava enganada. O rapaz que vendia os ingressos, tão simpático, nos alertou para comprarmos água em algum quiosque, pois iríamos precisar. Não entendi muito bem, mas fomos assim mesmo. Comprei uma garrafinha e coloquei na bolsa.

Dez minutos depois eu entendi completamente! Na verdade, a gente subiria o morro do Leme, numa caminhada de no mínimo trinta minutos. Tudo bem, eu consigo andar meia hora no calçadão. Em linha reta. Mas subindo um morro?

– Ai, Mari! Para de ser mole. Vamos! Olha só que passeio lindo – a Ingrid foi me empurrando enquanto ria. – Tem um monte de borboletas!

– Lucas, e você nem pra me avisar, hein? – bufei. – Eu e os exercícios físicos não somos muito amigos.

– Ô, namorada reclamona que fui arrumar, viu?! – ele riu. – Vamos! A vista lá de cima é sensacional, vale todo o esforço.

E continuamos a subida. Era uma estrada estreita, sinuosa, cercada de árvores e plantas, e o mais interessante disso tudo é que encontramos umas espécies de monumentos com imagens que registram a Paixão de Cristo. E a subida termina com a ressurreição. Realmente parece que a gente ressuscita quando tudo acaba!

Foi por isso que aquele rapaz simpático da entrada disse para levarmos água. Eu estava morta de sede! Num só gole, bebi metade da garrafinha. Mas, quando me deparei com aquele visual lá de cima, como o Lucas falou, compensou demais! Tem uma vista panorâmica da praia de Copacabana, a entrada da baía de Guanabara e o Pão de Açúcar.

Muitos turistas, com diversos sotaques, estavam ali. Alguns eram do nordeste, outros do sul. Já outros falavam inglês, espanhol, italiano e idiomas que não consegui identificar. Mas não era preciso entender para ver pela expressão de todos como estavam maravilhados com o visual. E eu estava ali, no meio daquelas pessoas que vieram de tão longe para apreciar uma vista que posso ter a qualquer momento. Engraçado isso, né? Quantas vezes ficamos em casa, com cara de tédio, reclamando por não ter nada para fazer, quando se tem tantas coisas bonitas e interessantes na própria cidade?

Tiramos muitas fotos! De todas as poses possíveis e imagináveis! Como a gente riu... Estar entre amigos é bom demais.

Não preciso nem dizer que a descida foi mais fácil. É meio lógico isso. E, quando chegamos lá embaixo, de volta ao calçadão, a Aninha gritou impaciente, com o que concordei no ato:

– Estou com fomeeee! Vamos comer alguma coisa, galera?

Perto do Copacabana Palace tem um quiosque que vende esfirras. Paramos ali para lanchar e dar mais risadas. Afinal, a gente precisava acabar com todo o estresse do Eduardo. Algo muito importante aconteceria no dia seguinte...

2
Dentro do coração

Hoje é um dia muito importante. Estou empolgadíssima! Tenho um motivo sensacional para deixar a preguiça de lado e largar a minha colcha das princesas. Finalmente o Eduardo vai gravar a música com a qual ficou em segundo lugar no concurso da Estação do Som.

Mas a empolgação em pessoa é a Susana! O Eduardo confessou, no dia que começaram a namorar, que ele tinha escrito a letra da música "Dentro do coração" pensando nela. Ri muito dela ontem, quando a gente se despediu no telefone e ela disse:

– Se eu estou me achando por ter um namorado lindo, cantor e que compôs uma música pra mim? Imagina...

E, por falar nela, além do vôlei, ela conseguiu arrumar outro vício: o celular! A avó lhe deu um de presente de Natal. Ela não consegue desgrudar dele nem para dormir. Claro que ela tinha celular antes. Só que era meio limitado, até um pouco feio, pois a mãe dela acha que celular não é brinquedo de criança. A Susana, criança? Aos 14 anos, com aquele tamanho todo, nas vésperas de fazer 15? E desde quando celular é brinquedo? Só a dona Valéria mesmo... O celular dela só tinha função de GPS. "Oi, mãe, cheguei!", ou "Oi, mãe, já estou indo".

Mas, contrariando as crenças da mãe, a avó deu um sensacional, que acessa todas as redes sociais com um único toque. Do tipo tudo-ao-

-mesmo-tempo-agora. Troço de doido! O meu acessa a internet, mas não chega nem aos pés do dela, que desconfio que deve ter sido fabricado pela NASA (não podia perder a piada): ela vê os e-mails, atualiza o perfil do Facebook e do Twitter, fala com as meninas do time de vôlei pelo chat, manda SMS o dia inteiro para o namorado. Além de um monte de outras coisas, como ver vídeos, acessar páginas na internet e tirar fotos sensacionais, que não ficam aquela coisa tremida e desfocada. Até mesmo dentro do banheiro do shopping lá está ela checando as últimas fofocas. Eu até consigo fazer isso do meu celular, mas com a mesma lentidão de uma corrida de tartarugas. Fora que meus créditos são bem controlados lá em casa. Outro dia ousei passar numa loja só para saber o preço. Mais caro que um computador! Eu tenho que me conformar com o meu mesmo e olhe lá.

Voltando ao assunto da música do Eduardo. Seria a primeira vez que eu entraria num estúdio de gravação. A Rio Sound Records, a gravadora que ofereceu o prêmio do concurso, fica no Leblon, perto do Jardim de Alah. Combinamos de irmos todos juntos para esse momento histórico. Toda a família dele estaria no trabalho, então não poderíamos deixá-lo sozinho numa hora tão importante.

Estava marcado para as três da tarde. Chegamos lá cinco minutinhos antes. Preciso confessar que fiquei um pouco decepcionada, mas não disse nada para não tirar a empolgação do Eduardo.

O motivo da minha decepção é que eu tinha criado uma coisa gigantesca na minha cabeça. A gravadora ficava dentro de uma galeria e era muito simples. Numa dessas galerias que têm salão de beleza, pet shop, armarinho, lotérica e até uma sapataria especializada em tamanhos grandes, acima do quarenta.

Entramos na pequena recepção. Uma porta meio escondida atrás de um grande vaso era a entrada do tal estúdio. Ali dentro havia duas partes. A primeira era semelhante a uma sala de espera, mas sem cadeiras. Sim, parece uma descrição meio estranha, mas era isso mesmo. Uma parede de vidro separava essa sala do estúdio de gravação propriamente. Nos meus pensamentos hollywoodianos, totalmente influenciados por delírios cinematográficos dos filmes de cantores consagrados, eu havia imaginado algo grandioso. Com instrumentos musicais espalhados, artistas famosos andando pelos corredores e fãs loucas por autógrafos do lado de fora. Autógrafos que poderiam ser dados em agendas, camisetas ou partes estranhas do corpo. Mas era tudo beeeem mais modesto e menos glamouroso.

Um rapaz muito simpático se apresentou: Murilo. Ele coordenaria a gravação e fez questão de explicar tudo para a gente.

– Boa tarde, pessoal. Tudo bem? – ele falou, sorridente. – Muito bacana vocês virem dar uma força para o Eduardo.

– A gente não ia perder isso por nada! – a Ingrid falou torcendo as mãos e fez aquela típica cara de romântica. – Você sabia que ele compôs a música para a minha amiga Susana? – ela apontou para a nossa amiga, que, do alto dos seus 1,85 metro de altura, imediatamente ficou com as bochechas coradas.

– Claro que sei! – ele riu olhando para ela. – A música já é bonita só no violão e, depois de concluída a fase de produção, vai ficar ainda mais!

– Murilo – falou a Aninha, naquele tom de repórter que ela adora. – Será que você se importa de explicar pra gente como funciona tudo?

– De forma alguma! Vamos lá. Como vocês podem ver, nosso estúdio não é muito grande. Nosso foco é atender os artistas que estão começando, como o Eduardo. Muita gente grava suas músicas de maneira independente e coloca na internet. Aqui funciona com aluguel de horários. O artista aluga um ou mais horários, grava sua música e depois nós fazemos a parte de produção.

– Vocês fazem tudo? A capa do CD, até o clipe? – foi a vez do Lucas, meu namorado lindo.

– Fazemos, mas isso tudo precisa ser contratado à parte. No caso do concurso da Estação do Som, oferecemos como prêmio só a gravação da música. Se o Eduardo quiser fazer várias cópias do CD, criar uma capa ou até colocar um clipe na internet, vamos negociar isso depois.

– Ah, mas só de ter a minha música com uma qualidade de gravação profissional, já é um prêmio e tanto! – finalmente o Eduardo comentou alguma coisa. Estava todo mundo falando dele como se ele nem estivesse presente.

– Eu percebi que aqui tem duas partes – apontei para as salas. – Onde nós vamos ficar?

– O Eduardo vai ficar ali naquela parte comigo e vocês ficarão nessa salinha, atrás da parede de vidro. Parece um aquário, né? – ele riu, fazendo uma careta. – A sala onde nós vamos ficar é à prova de qualquer som externo. Mas, antes de começarmos a gravar, entrem aqui.

A manobra que fizemos para caber nove pessoas dentro daquela salinha minúscula foi engraçada. Eu até evitei olhar para a Ingrid, porque ela começou a fazer aquelas típicas caras engraçadas dela de "Ai, meu Deus, eu sou baixinha e vou morrer espremida!". E ele continuou as explicações:

– O Eduardo já esteve aqui para gravar o som do violão. No concurso, foi só voz e violão, mas vamos inserir outros instrumentos musicais eletronicamente. Esta é a mesa de som. Para que vocês entendam melhor, imaginem que existem vários sons de diferentes instrumentos já gravados que podemos colocar na música. E tudo é controlado por aquele computador. O Eduardo veio aqui, gravou o violão, e nós melhoramos a qualidade do som inserindo outros instrumentos. O que vocês vão assistir hoje será a gravação da voz em cima da música. Vamos começar?

– Galera, olha só – o Eduardo coçou a cabeça de um jeitinho meio tímido –, eu vou ficar nervoso com vocês me olhando, então vou fechar os olhos, tudo bem? Preferi avisar antes que vocês pensassem que eu já estava bancando o famoso metidinho. Além de evitar olhar pra vocês e errar a letra, quero me concentrar bastante nisso.

– Relaxa, cara! – o Guiga deu um leve tapinha nas costas dele. – A gente entende.

Voltamos para a sala ao lado. O espaço era pequeno, mas pelo menos a Ingrid voltou a respirar. O Murilo ajeitou o microfone na altura do Eduardo. Eu já tinha visto algo parecido na tevê. No microfone, foi colocada uma espécie de protetor, para evitar o atrito ou mesmo chiados na hora de cantar. O Edu colocou os fones de ouvido, mas isso não impediria que nós também ouvíssemos a música.

Abracei a Susana bem forte pela cintura e, como minha cabeça bate abaixo do ombro dela, consegui ouvir seu coração. Batia tão acelerado que pensei que fosse explodir! Quando o Murilo deu início à música e a escutamos pela primeira vez com os recursos além do violão, a Susana não conseguiu segurar as lágrimas. Ele fechou os olhos como havia dito e cantou ainda mais bonito que no concurso. Apesar de eu ter achado tudo lindo do início ao fim, o Murilo preferiu gravar uma segunda vez, para se assegurar de que tudo ficaria perfeito. E, mais uma vez, ouvimos a música, e eu já comecei a decorar a letra de "Dentro do coração".

O teu sorriso
O teu olhar
O teu riso
Meu mar

Me perdi nesse oceano
Não sei o caminho de volta
Mas nada mais importa

Dentro do coração
Existe a direção
Do caminho certo pro teu amor
E que não me cause tanta dor

Dentro do coração
Existe a direção
Preciso sentir, preciso permitir
Não vou me deixar fugir

Foi só quando a segunda gravação terminou é que eu reparei que a Ingrid estava com o nariz vermelho de tanto chorar. Ah, essa minha amiga sentimental...

A Aninha registrou tudo com a câmera digital. Como leva mais jeito do que todas nós, ela vai fazer uma matéria para o nosso blog. Ela diz que quer fazer faculdade de letras e se tornar escritora, mas acho que ainda não percebeu quanto tem de jornalista. Adora fazer um relato dos acontecimentos mais importantes, tanto escrevendo quanto fotografando e filmando tudo.

Soltei a cintura da Susana e ela falou, me segurando pelos ombros:

– Ainda bem que a Aninha fez isso, pois eu estava emocionada demais para pensar em qualquer coisa que não fosse olhar para o Eduardo. Como ele ficou lindo com aqueles fones de ouvido! Como estou me tornando uma namorada melosa, né?

Caímos na risada. Nunca tinha visto a Susana tão sentimental. Mas vamos dar um desconto, vai? Não é todo dia que o namorado grava uma música em estúdio.

– Pessoal, espero que tenham gostado! – o Murilo começou a se despedir da gente. – Meu próximo cliente já está esperando para gravar. Eduardo, você me liga na sexta-feira pela manhã? Acho que já terei terminado a produção da música e você poderá passar aqui para pegar o CD.

– Claro, ligo sim! Já estou ansioso.

– Não precisa ficar ansioso, vai dar tudo certo.

Como ainda era cedo, decidimos ir passeando a pé até Ipanema e comer em uma pizzaria perto do metrô para comemorar.

Quando fomos até a recepção da gravadora, tivemos uma grande surpresa.

3
A diva do funk

Quando voltamos para a recepção, vimos o tal cliente que aguardava para gravar. Na verdade, era *a* cliente. Mulher. Aqueles olhinhos inocentes e puros do Lucas bateram naquela diva do funk sem piscar. Se eu não confiasse tanto no meu namorado, juro que teria rolado um barraco, com puxão de cabelo e tudo. Eu ia rolar no chão com aquela exibida. Mas não tinha como não tirar os olhos daquela, digamos assim, figura exótica. Todos nós paramos de falar quando a vimos. Oito pessoas mudas.

Deixe-me esclarecer uma coisinha: eu não sou uma pessoa preconceituosa, não sou totalmente fã de funk, mas também não vou deixar de cantarolar ou dançar numa festa. Vou descrever bem a cena para vocês entenderem. Ou me apoiarem. Ou concluírem que eu sou mesmo a rainha do deboche, como minha mãe sempre fala. Eu sei que tenho um lado sarcástico além do normal, isso faz parte da minha natureza.

O Murilo fez as devidas apresentações.

– Meninos e meninas, já ouviram falar na Jucylleine Boladona?

Ela riu, fazendo pose e olhando para a gente.

– Oiiiiiiiiii! – deu tchauzinho, com aquelas unhas vermelhas gigantes, com detalhes dourados. – Jucylleine com y e dois eles. Depooois que passei a escrever meu nome assim, comecei a fazer um sucesso enorme! A minha numeróloga particular fez os cálculos e deu suuuupercerto.

Ela gosta de dar ênfase às vogais. Humpf.

– Ah! Imagino que sim! – não aguentei, segurando ao máximo o sarcasmo. Mas, mesmo assim, ainda levei um cutucão da Susana.

A Jucylleine com y e dois eles, além daquelas garras disfarçadas de unhas, tinha dois airbags disfarçados de seios por baixo daquela minúscula blusinha dourada, para combinar com o efeito das unhas. No umbigo, um piercing em forma de borboleta, e ela estava com um shorts tão curto, mas tão curto, que pensei que estivesse de calcinha jeans. Os pelos das pernas eram descoloridos, assim como os longos cabelos que ela insistia em jogar de um lado para o outro a cada três palavras que dizia. A sandália mais parecia um andaime desses usados em obras, de tão alta.

Será que estou sendo exagerada e preconceituosa? Ou será que é puro ciúme descontrolado de ver não só o meu namorado como os das minhas amigas babando pela criatura?

– Vocês não querem me ver gravando? É a minha mais nova composição. A música se chama "Sedução". Ahhh, vocês não vão embora, vão? Detesto ficar sozinha... Fiquem! Digam que sim – ela fez bico, enrolando uma mecha dos cabelos enquanto olhava suplicante para nossos namorados. E ouvimos um sonoro "sim" do Eduardo, do Caíque, do Lucas e do Guiga. Nem deu tempo de dizer que queríamos ir logo para a pizzaria. Os quatro babões foram para aquela salinha minúscula na qual estávamos antes, e não tivemos alternativa a não ser ir para lá outra vez.

A Jucylleine entrou no estúdio, ajustou o microfone do jeitinho que o Eduardo tinha feito antes e o Murilo colocou a música. Quando tocou, com aquela batida bem conhecida de funk, ela começou a rebolar no ritmo, e a grande letra era esta:

O meu popo
O meu popo
O meu popo
O meu popo
O meu poder de sedução.

Sedução, sedução, sedução.
Sedução, sedução, sedução.

O meu popo
O meu popo
O meu popo
O meu popo
O meu poder de sedução.

Sedução, sedução, sedução.
Sedução, sedução, sedução.

– Nossa! Que *poder*, como posso dizer... poético, não? – a Aninha não aguentou e deu a alfinetada. – Vamos embora daqui? – falou entre dentes e deu um beliscão na cintura do Guiga, que não parava de babar por causa da funkeira.

– Pega mal a gente sair no meio da gravação, Aninha! – o Guiga protestou, falando entre dentes, imitando o jeito que ela tinha feito. – Assim ela vai pensar que a gente não gostou.

– Mas eu não estou gostando! – a Susana enfim comentou, provocando risadas no Eduardo.

– Calma aí, namorada ciumenta! – ele deu um beijinho. – Eu também não estou gostando, mas o Murilo foi legal com a gente e eu ainda preciso dele.

– Infelizmente o Eduardo tem razão... – tive de concordar. – Deixa eu praticar a atuação um pouquinho e parecer empolgada com essa sedução toda. Certo, Lucas? – empurrei o queixo dele para cima, fechando aquela boca que estava aberta desnecessariamente.

Quando o primor da MPB terminou e saiu do estúdio, fomos para a recepção, e a Jucylleine fez festinha.

– E aí? Gostaram? Não vai ser um sucesso total nos bailes?

– Ahhhh, com certeza! – concordei, com vontade de arrancar aqueles cílios postiços. – Muito sucesso pra você, viu? Infelizmente temos que ir. Tchauzinho!

Mal colocamos os pés do lado de fora da galeria, e eu dei graças a Deus por respirar outros ares. Nós, meninas, estávamos indignadas. E eles, com carinha safada e cantando a música. Nós quatro começamos a bater neles no meio da rua. De brincadeirinha, claro. Mas a situação era tão engraçada que começamos a gargalhar em plena Avenida Delfim Moreira. Até que uma senhora passou e falou sozinha, mas alto o suficiente para ouvirmos. "Esses adolescentes de hoje são todos sem educação. Imagine se no meu tempo eu daria um escândalo desses em plena rua sem levar castigo!"

Depois de uma caminhada pelo calçadão, chegamos à pizzaria. Estava calor e, antes mesmo de escolhermos o sabor das pizzas, pedimos os refrigerantes, tamanha a sede que a gente estava.

– Olha, estou surpreso, viu? – o Caíque fez cara de deboche. – Não imaginava uma coisa dessas de vocês, meninas.

– Não imaginava o quê, meu lindo namorado? – a Ingrid imitou o deboche dele, provocando risadas em todo mundo.

– Que eram tão ciumentas! – ele explicou. – Caramba! Só faltaram fuzilar a pobre cantora com os olhos. Dava até para enxergar os raios partindo na direção dela.

– Ciumenta? Eu? – coloquei a mão no peito, me fazendo de indignada. – De jeito nenhum.

– Claro que não, Mari! – o Lucas riu, debochando também. – Só senti seus olhinhos no comprimento do cabelo dela. Estava doidinha para puxar, não estava? Confessa.

– O que é isso? – me defendi, sem conseguir conter o riso. – Só achei comprido demais. E, se eu puxasse, seria só para ver se era de verdade mesmo. Curiosidade estética.

– Ãrrã, sei – alfinetou a Susana.

– Ah! Mas que classe desunida! – reclamei. – Vai dizer que não ficou com ciúme do Eduardo com a diva do funk?

A Susana nem respondeu. Ficou vermelha. Mas disfarçou com um sorrisinho. Antes quem ficava assim era a Ingrid. De uns tempos pra cá, tenho notado que a Susana às vezes fica vermelha. E notei isso especialmente depois que ela começou a namorar o Eduardo.

– Ela não faz meu tipo – o Eduardo riu. – Prefiro morenas e atletas.

– Ah, puxa saco! – gritamos em coro, dando um susto no pobre do garçom.

Depois que pedimos duas pizzas gigantes, uma napolitana e outra portuguesa, o Eduardo retomou o assunto da rainha da sedução:

– Agora falando sério, gente. Sei lá, posso estar sendo chato, mas precisamos respeitar como cada um gosta de se expressar. Tudo bem, ela tem um tipo meio chamativo, canta uma música que pode não agradar todo mundo, mas penso da seguinte forma: se não gosta, simplesmente ignore. Eu falo isso pensando na minha própria carreira. Pode ser que muita gente goste do que eu faço. Já muitos outros vão achar que eu deveria desistir de ser cantor. Às vezes dou uma olhada em algumas matérias na internet e a grande maioria dos comentários é xingamento. Por que perder tempo com isso? Gastar tempo para xingar os outros? Por que não usar o tempo para curtir o que gosta de verdade? Tem gente que sente prazer em falar mal, denegrir a imagem alheia.

– Verdade, Dudu! Peço desculpas pelo meu sarcasmo natural... – fiz uma pose solene, fazendo o pessoal rir. – Assumo que foi um ataque fulminante de ciúmes. E o pior de tudo isso foi que senti ciúme até dos namorados das minhas amigas. Que pessoa mais maluca!

– Mari, você é uma figura! – a Aninha bagunçou meu cabelo. – Eu também assumo minha culpa, pronto – ela fez uma careta para o Guiga. – E agora, Eduardo? O que pretende fazer quando o Murilo te entregar a música?

– Ainda não sei, Aninha... – ele coçou o queixo, pensativo. – Colocar na internet? Mas será que o pessoal vai acessar? Confesso que estou meio tonto sem saber o que fazer. Já aconteceu isso com vocês? Querer tanto uma coisa e, quando ela finalmente acontece, ficar meio abobalhado, sem ação?

– E se você fizesse um videoclipe e postasse no YouTube? – a Ingrid teve a ideia. – Acho que seria o máximo!

– Seria perfeito. Mas como eu faria isso? Acho que produzir essas coisas sai meio caro, não? A grana anda meio curta lá em casa.

– Sim, sai caro – o Lucas concordou. – Mas pode sair até de graça se você tiver os amigos certos.

– Hummm... Acho que estou entendendo o que está querendo dizer, meu amor – fiquei empolgada e dei um beijinho nele.

– Eduardo, eu posso fazer isso – o Lucas surpreendeu todo mundo. – Tenho o equipamento adequado e sei editar. Depois que fiz teatro no CEM no ano passado, incentivado pela Mari, descobri que eu gosto mesmo é dos bastidores. Tenho um primo que trabalha com edição de vídeos e fiz um curso que ele deu. Decidi que quero fazer cinema. Meus pais adoraram a ideia e eu até ganhei uma câmera semiprofissional do meu padrinho, no Natal.

– E você faria isso por mim? – o Eduardo sorriu feliz da vida. – Cara, ia ser uma ajuda e tanto!

– A música fala de mar, essas coisas... Vamos gravar na praia! – o Lucas sugeriu. – Quer locação mais barata que essa? A Susana pode caminhar no calçadão, você olhando pra ela, sei lá...

– Achei a ideia maravilhosa, mas infelizmente não vou poder participar – a Susana fez cara de triste. – Meu contrato com a CSJ Teen diz que tudo o que eu fizer preciso comunicar a eles, pedir autorização. Não sei, acho que por causa do uso de imagem. Até com as fotos que publico no Facebook tomo o maior cuidado.

– Poxa, amiga, que pena – a Ingrid lamentou. – Mas vamos pensar o seguinte: temos uma amiga atriz precisando de uma força também, né? Já que o Lucas se ofereceu para gravar e editar, a Mari poderia ser a mocinha da história. Assim ela já vai ter uma espécie de trabalho pra mostrar, já que até agora ela só fez as peças do CEM.

– Concordo. Contanto que esse marmanjo não encoste um dedo na minha namorada – o Lucas fez cara feia e pose de luta, fingindo que ia bater nele.

– Hahahaha! Luquinhas, meu cineasta mais que favorito! Você é muito menor que o Eduardo, ia apanhar feio. – Não aguentei, tive que zoar meu próprio namorado. – Mas, se a Susana concordar, eu topo!

– Eu confio no meu namorado e na minha amiga. Melhor a Mari do que a diva do funk – ela riu e bateu palminhas. – Isso vai ser o máximo! Uhuuu!

– Então fechou! – o Lucas deu um soquinho na mesa. – Vamos marcar pra quando? Podemos filmar no Arpoador, o que acham? Tem de ser um dia com tempo bom, mas não muito calor.

– Deixa eu consultar a previsão do tempo aqui pelo celular. Não vivo mais sem o meu bichinho de estimação. – A Susana fez uma cara engraçada e, logo em seguida, compartilhou a informação preciosa: – Ah! Podemos filmar amanhã! Aqui diz que não chove nem haverá um sol de rachar. Fica legal filmar no fim da tarde, Lucas?

– Fica sim. Marcado então, galera? – Com o consentimento de todos, ele continuou: – Como a gravadora prometeu entregar o CD na sexta, posso juntar a imagem com o som no fim de semana. Estou empolgado! Meu primeiro trabalho como diretor de cinema!

– Ai, estou tão emocionada que todos gostaram da minha ideia! – a Ingrid era a felicidade em pessoa.

– E eu, claro, além de ter feito a cobertura da gravação da música, faço questão de escrever sobre os bastidores do videoclipe – a Aninha disse toda sorridente, levantando o copo de refrigerante: – Vamos fazer um brinde com refrigerante mesmo?

Todos nós enchemos os copos e falamos em coro, chamando a atenção de toda a pizzaria.

– Rumo ao sucesso!

4
Rumo ao estrelato?

Meu primeiro trabalho como atriz! Que emoção!

Calma. Eu não posso, como diz o velho ditado, cuspir no prato que comi. Afinal, participei de duas peças de teatro no CEM no ano passado. Mas, dessa vez, vai para a internet, e eu serei conhecida além dos portões do colégio.

Gente, será que vou ficar famosa? Ah, mas uma coisa é certa. É como o Eduardo falou. Vai ter gente que vai gostar e elogiar. E outras, pelo simples prazer de falar mal, vão dizer que estava tudo horrível. Querem saber de uma coisa? Não vou nem ligar. Ou pelo menos vou tentar não ligar.

A Susana foi muito esperta. Ela me emprestou um creme de massagem da CSJ Teen para eu passar nos cabelos antes da gravação. Assim, eles ficaram brilhantes e sedosos. Acho que vou passar uma cantada de leve na minha amiga para ela "esquecer" esse pote de creme lá em casa. Afinal, ela ganha vários produtos da marca todos os meses por causa do patrocínio do time de vôlei.

Que bom que a previsão do tempo estava certa e o fim da tarde estava com uma temperatura agradável! Chegamos ao Arpoador por volta das seis da tarde, aproveitando que ainda estava no horário de verão.

Eu, para variar, fiquei indecisa com a roupa que usaria, e, mais uma vez, a Susana me ajudou. O que seria de mim sem a minha amiga que entende tudo de beleza? Ela fez uma maquiagem incrível em mim. Confesso que pensei que fosse derreter por causa do calor, mas ainda bem que estava um ventinho fresco.

    Coloquei shorts, blusinha e tênis. Usei tonalidades fortes para destacar no vídeo, especialmente a blusinha, que tinha detalhes em laranja e vermelho. E o Edu estava de bermuda preta, camiseta branca e tênis. O Lucas estava muito empolgado! Como seria seu primeiro trabalho, queria que ficasse tudo perfeito. Ele teve ótimas ideias. Como ele mudou de um ano pra cá! Ele era todo tímido e agora, depois de me namorar, está mais falante e desinibido. O amor e seus milagres... O ensaio foi uma maravilha. Que coisa mais fofinha meu namorado dando uma de diretor de cinema. Ele passava as instruções e me dava uma tremenda vontade de rir. Precisei me controlar ao máximo para não desanimá-lo. E eu estaria sendo "insubordinada" com o chefe. Meu gatinho lindo, mas meu chefe.

    O Guiga e o Caíque não foram, aqueles dois furões. A Aninha e a Ingrid acabaram ajudando o Lucas com detalhes técnicos, e a Susana ficou encarregada da parte estética. Traduzindo: ia ver se as minhas roupas e as do Edu estavam legais, checar se o cabelo e a maquiagem estavam de acordo, essas coisinhas. Ah, e por falar em maquiagem, ele não deixou a Susana passar base e pó facial nele de jeito nenhum. Disse que era coisa de mulher. Eu falei para ele que era muito normal artistas usarem maquiagem em vídeos e ensaios fotográficos. Assim, a pele não fica brilhosa e fica com um efeito mais bonito na gravação. Ele disse que não usaria nem amarrado. Esse namorado da Susana vai dar trabalho se ficar famoso...

    O Lucas ia fazer diversas montagens. Todo animado, ele me filmou tomando água de coco, caminhando pelo calçadão, sentada num banco olhando para o mar. Nas partes do Edu, ele fazia cara de apaixonado olhando para a minha direção. E também meio pensativo, olhando para o mar. Mas, quando o Lucas sugeriu que ele pegasse o violão e cantasse, quase morreu de vergonha.

    – Como assim? Artista tímido? – o Lucas deu uma bronca e fez a gente rir. – Já não basta não ter usado maquiagem, agora vem com essa?

Rumo ao estrelato?

— Pegar o violão e tocar com essa gente toda em volta? – a cara dele era de extremo pavor.

— Eduardo, eu não posso filmar você só olhando para o mar, com cara de paisagem. Lembra que é um vídeo de música, você precisa aparecer cantando.

— Daqui a pouco quem passar vai jogar moedas – ele coçou a cabeça.

— Cara, o Rio de Janeiro é uma cidade artística. É a coisa mais normal do mundo as pessoas filmarem ou fotografarem no meio da rua ou da praia. A gente encontra o pessoal da tevê andando no shopping com a maior tranquilidade, não é? Até assistimos à gravação da novela uma vez... Relaxa e faz o que eu estou dizendo sem se preocupar com quem está em volta. Quando você pegar o CD com o cara da gravadora, vou fazer uma montagem para a música coincidir com o seu movimento labial, vai parecer que você estava cantando de verdade. Vai dar certo! Toque o violão de acordo com a música, mas, se você está com tanta vergonha assim de cantar, fale baixinho ou faça só os movimentos com a boca. Mas tem que parecer de verdade, que está cantando pra valer.

— Tudo bem. Vamos lá antes que eu saia correndo! – ele se deu por vencido.

Para que o pessoal da praia não aparecesse nessas cenas, o Lucas filmou bem de pertinho. O Edu cantou vários trechos da música. Era muito engraçado, pois ele tocava o violão, fazia cara de que estava cantando no conforto do próprio quarto, mas a voz quase não saía. Claro que chamou a atenção de muita gente. Especialmente das garotas! Eu vi várias delas cochichando e apontando para ele. Xiiii! A Susana que se cuide.

Eu sou a pessoa mais cara de pau que conheço. Sim, pois ser a rainha do mico e ainda ter vergonha é até contraditório. Mas gravar a cena final do clipe realmente me deixou incomodada.

Durante todo o tempo, era como se o Edu quisesse se aproximar de mim, mas não tivesse coragem. Era muito simples. O Eduardo estaria sentado num banco, e eu sentaria ao lado dele. Um olharia para o outro, ele com cara meio de apaixonado por mim e eu sorrindo de volta, fazendo cara de "nossa, estou com vergonha, mas você é um gatinho".

Tudo muito simples de ser feito. Se não fosse com o namorado de uma das minhas melhores amigas, e com o meu próprio namorado filmando. E, ainda pior, narrando o que a gente tinha que fazer.

– Isso, Edu! – ele falava baixinho. – Agora, olha para a Mari e tenta fazer do seu olhar uma mistura de "nossa, estou surpreso que você tenha se sentado aqui" e "que sorte, finalmente vou falar com ela".

Como ele consegue descrever uma cena desse jeito? O que o Lucas anda fazendo, lendo ou vendo enquanto não estamos juntos? Eu, hein...

– Agora, Mari – ele continuou no mesmo tom –, vira devagar para o Edu, meio tímida, mas meio romântica... ajeita o cabelo atrás da orelha, com um leve sorriso.

Foi aí que a coisa ficou mesmo esquisita! Numa fração de segundo, percebi que não estava fingindo tanto para fazer a cena. O Eduardo é perfeito! Lindo! Como não se apaixonar por ele?

Eu fiquei meio alheia, em transe. Como se meu espírito tivesse saído do corpo e visto toda a cena de fora. E, ao mesmo tempo, comecei uma discussão mental comigo mesma, dizendo que aquilo era uma tremenda falta de caráter da minha parte.

Será que alguém já se sentiu assim antes? Será que alguma atriz de novela ou dos filmes de Hollywood já teve que gravar cenas românticas com o namorado da amiga e ainda por cima foi dirigida pelo próprio namorado?

O Lucas é lindo, maravilhoso, o namorado exemplar. Sempre fui apaixonada por ele, mesmo antes do nosso namoro. Ficava olhando para ele, tão fofo, tímido, imaginando se um dia ele ia conversar comigo, ser meu amigo. E quando a gente começou a namorar, a realidade foi muito melhor do que toda a fantasia que eu tinha criado na minha cabeça. Eu nunca traí o Lucas e nem pretendo fazer isso.

Mas o namorado da Susana é bonito demais! Um verdadeiro artista, sabe? Que poderia ser facilmente o mocinho da novela. Desses que saem nas revistas teen com pôster duplo para colar na parede do quarto. Ou que as garotas debutantes pedem para o pai pagar uma fortuna para ele ser o príncipe da valsa.

Eu amo meu namorado? Sim. A Susana é uma das minhas melhores amigas? Sim. E ele é extremamente bonito? Sim. Eu sou cega? Não!

Será que é um pecado mortal reconhecer isso? Eu estou sendo uma amiga traidora? Falsa? Por apenas constatar o óbvio?

– Aeeeeeee! Uhuuu! – o Lucas vibrou, me arrancando da minha discussão mental. – Terminamos, galera. Agora é editar e torcer para que eu faça um trabalho legal.

Sorri aliviada. *O que deu em você, hein, dona Maria Rita?*

Mas o alívio durou apenas um minuto. O Lucas olhou para a ciclovia, fez uma cara estranha e gritou:

– Vamos alugar uma bicicleta! Tive uma ideia incrível, Mari!

Sobrou pra mim. Ai, ai! O Lucas foi praticamente voando alugar uma bicicleta por apenas meia hora, tempo que ele achou que seria suficiente para filmar a cena tão incrível que havia imaginado.

O Lucas ficou posicionado com a câmera na direção de um dos quiosques na praia de Ipanema e eu pedalando lentamente vindo do Arpoador. Na primeira vez deu tudo certo! Mas ele quis fazer outra vez, para pegar os melhores movimentos.

Então, de acordo com os meus humildes conhecimentos, o significado de ciclovia é: pista exclusiva para bicicletas. Minha amiga Aninha, que sabe tudo de português, não me deixa mentir. Mas não é bem assim que funciona na prática. Infelizmente, na ciclovia, além das bicicletas, encontramos os amantes de *cooper*. Então me expliquem por que esses belos atletas amadores cismam de correr na ciclovia quando têm um largo e extenso calçadão para eles?

Voltei ao ponto inicial para atuar de novo. E tentei fazer do mesmo jeitinho que fiz da outra vez. Quando estava na metade do percurso, eis que uma garota, que fazia o famoso *cooper* na ciclovia, resolveu atender o celular no meio do caminho. Ela estava toda vestida de amarelo. Sabe aquele amarelo tipo caneta marca-texto? Completamente alheia ao que acontecia fora da órbita do seu umbigo, ficou ali parada, aos berros.

– Aê, Cibele! Sua louca! Finalmente lembrou que eu existo, desnaturada?

Olhei para a pista ao lado e várias bicicletas vinham em sentido contrário, sem ao menos me darem a chance de ultrapassar a pintinho amarelinho. Lembrei de tocar a campainha e adivinha? Não funcionava! O jeito foi apelar para o gogó mesmo.

– Garotaaaa, sai da frente, sai da cicloviaaaa!

Mas ela estava muito mais interessada em saber se o Daniel ia à festa sábado para poder usar seu vestido novo. Tive que dar uma freada brusca e, com isso, a bicicleta que vinha atrás de mim me atingiu em cheio e eu acabei atropelando a garota.

A cena foi patética. Eu não cheguei a cair da bicicleta, mas a garota caiu com as pernas para cima, numa pose ridícula. E já foi se levantando e partindo para cima de mim para me xingar. Só que o homem que vinha atrás, o mesmo que bateu na minha bicicleta, me defendeu dizendo que a culpa era toda dela. Ela fez a maior cara feia, deu meia-volta, atravessou a avenida e se enfiou numa das ruas transversais.

Eu, meio que em estado de choque, saí da ciclovia em direção ao pessoal. Estavam todos com os olhos esbugalhados para cima de mim. A cara deles estava tão espantada que caí na gargalhada. Mas não aquela gargalhada normal, não. Aquela que leva você a se sentar, pois faz você perder completamente a força nas pernas. E detalhe: o Lucas filmou tudo! Esse momento ficou para a eternidade. Será que terei de subornar meu próprio namorado para que isso não vá parar naqueles famosos programas de tevê que mostram micos horríveis?

A Ingrid riu tanto que pensei que ela fosse passar mal. Quase que precisou invadir o restaurante de um hotel para usar o banheiro, pois corria o sério risco de fazer xixi nas calças. A Aninha teve uma crise de tosse. A Susana chorava de tanto rir, lágrimas escorriam. E o Eduardo, que já tem o olho meio puxadinho, não dava nem para enxergar os olhos dele, de tanto que ria.

Passados dez minutos, todo mundo já havia se recuperado. O Lucas disse que dava para aproveitar o que ele tinha filmado, então fui rapidinho devolver a bicicleta.

Sabe o que foi isso? Castigo! Quem mandou ficar toda empolgada com o namorado alheio? Bem feito, Maria Rita! Aqui se faz, aqui se paga.

5
Com a consciência mais tranquila

Levantei supertarde no dia seguinte. Esse negócio de ser atriz de videoclipe me deixou cansada. Acordei com o telefone tocando e, mais do que depressa, tomei um banho para despertar de uma vez por todas. Como aquela padaria fantástica fica no caminho, entrei rapidinho para comprar refrigerante e pipoca de micro-ondas. Sim, pois meus dotes culinários são abaixo de zero, como já declarei. Será que um dia eu tomo jeito?

Nem tudo está perdido. Fora do quesito culinário, uma coisa eu aprendi a fazer! Aeeee! Aprendi a pintar as unhas. Tudo bem que acabo pintando mais os dedos do que tudo. Depois que secam e eu limpo a "bagunça" toda, as unhas ficam bem bonitas, juro. Agora tenho uma coleção de esmaltes, com um montão de cores. Toda semana passo uma cor diferente. A dessa semana é roxa. O próximo passo é aprender aqueles efeitos com outras cores ou desenhos. Mas vamos com calma. Já é muito progresso para alguém atrapalhada como eu!

O Lucas me ligou dizendo que já estava começando a editar o vídeo com o Eduardo e eu não aguentei a curiosidade. Sabe como são os homens quando estão trabalhando, né? Nem ligam para a namorada. O Lucas então... Fica tão concentrado que até se esquece de piscar. Como sou esperta, vou pegá-lo pelo estômago. Vou até lá com a desculpa de alimentar meu diretor de cinema e aproveito para dar uma espiada no trabalho. Afinal de contas, eu também estou nele. Tenho esse direito!

Pena que a Susana não pôde ir. Ela tinha treino de vôlei, e é outra que leva as coisas muito a sério. Ela está certa. Eu é que tenho esse jeito maluco. Então tenho que deixar os outros serem um pouco mais responsáveis.

Segui para a casa do Lucas na maior ansiedade. A mãe dele, claro, já tinha preparado bolo de cenoura com chocolate. É incrível o poder da minha ilustre sogrinha de preparar doces deliciosos, mas comidas salgadas horríveis. Por isso garanti a pipoquinha antes que ela viesse com alguma invenção culinária.

Outro dia, fui para a casa dele, pois íamos ao cinema. O Lucas foi tomar banho e eu fiquei esperando na sala. E lá veio a dona Noely:

– Mari, minha filha, você pode me ajudar a pegar uma receita na internet? O Lucas não tem paciência. Ele tem um ciúme desse computador... Ainda vou comprar um só pra mim.

Claro que fui fazer o favor. Coitada, ela é boazinha. Entrei no site que ela indicou e tinha cada coisa horrível que só de olhar para as fotos fiquei com o estômago embrulhado. Além disso, a nova paixão dela são as sopas. Eu O-D-E-I-O sopa. Sempre que tomo sopa, tenho a impressão de que estou passando mal. Pra mim, é comida de doente que não consegue se levantar da cama. E ela imprimiu a receita de sopa de marmelo. Marmelo?! Repolho. Banana-verde. Preciso me lembrar de não visitar o Lucas na hora das refeições por pelo menos duas semanas.

Quando cheguei lá, eles já estavam na frente do computador assistindo aos vídeos, e o Lucas estava todo empolgado mostrando um roteiro que havia escrito. E adivinha qual vídeo ele colocou em homenagem à minha chegada? O atropelamento da pintinho amarelinho. Que cena hilária! Só perdeu a graça quando ele ameaçou colocar no YouTube. Ele falou tão sério, mas tão sério, que eu acreditei. Por uns segundos, meu coração parou de bater. Depois que ele viu que eu tinha mesmo acreditado, desmentiu. Como está ficando abusado esse meu namorado... Será que eu estraguei o Lucas? Ele era tão tímido, quietinho... E agora está pregando peças nos outros.

Fui preparar a pipoca e logo aquele cheiro amanteigado invadiu a casa. Dividi em duas tigelas, uma para eles, outra para mim. Fiquei sentadinha na cama enquanto eles estavam com os olhos grudados na tela.

O quarto do Lucas é bem legal. Tem uma escrivaninha especial para computador e duas cadeiras giratórias. Um armário enorme, a cama, uma estante de livros e um banheiro só para ele. Isso mesmo! Eu tenho que dividir o lá de casa com o metido a cientista maluco do meu irmão.

Fiquei umas três horas vendo a edição do vídeo. E haja pipoca e bolo! Quem pensa que é fácil está muito enganado. E aquele era um vídeo praticamente caseiro. Fiquei imaginando o trabalhão que deve dar editar uma novela ou um filme. Fiquei pensando no meu trabalho como

Com a consciência mais tranquila

atriz. No teatro, tudo é meio imediato. O público interage com os atores, tudo ao vivo. Comecei a refletir mais sobre as pessoas que trabalham nos bastidores e que muitas vezes nem são citadas ou valorizadas. A partir de hoje, vou começar a ficar mais atenta a algumas coisas.

E quando o vídeo finalmente foi concluído, eles deram gritos de felicidade. Mas quero explicar o que são gritos de felicidade de dois garotos: um dando soco no outro, esmurrando a mesa e gritando palavrões.

Fiquei olhando para eles e meu coração tirou duas conclusões:

1. Eu simplesmente amo o meu namorado! Estou muito orgulhosa dele. A cada dia que passa, ele fica mais bonito e inteligente. Adoro homens inteligentes. Ele sempre tem algo diferente para contar e é todo carinhoso comigo.
2. O Eduardo é lindo! Um artista de cinema. A Susana teve uma tremenda sorte. E, naquele exato momento, eu consegui separar bem isso na minha cabeça. Reconheci que ele é um cara fantástico, mas não tenho nenhum sentimento romântico por ele. Isso é bom. Pois eu tomei um susto ontem na praia. Sabe aquele alívio, em que você sente até a alma refrescar? Essa é a melhor descrição que consegui dar para esse alívio. Refrescante como aqueles comerciais de pastilha extraforte mentol plus nos quais o cara sopra e tudo em volta congela.

Depois que eles trocaram vários socos e deram gritos que mais pareciam algum dialeto maluco, finalmente me chamaram para assistir ao videoclipe totalmente editado. Meu coração estava aos pulos. Eu participei de toda a gravação. Mas era como se eu fosse um ser à parte, olhando tudo de longe.

Como eu posso definir? Sensacional! Nossa, ficou perfeito! O Lucas conseguiu juntar direitinho o movimento labial do Eduardo com a música de fundo. A montagem ficou ótima, eu realmente fiquei bem no vídeo, apesar de achar que fiquei um pouco gordinha. Dizem que televisão engorda as pessoas... Bom, vamos acreditar!

Uma coisa ficou clara: a estrela do vídeo realmente é o Eduardo. A cena final ficou muito convincente. Parecia mesmo que o Eduardo e eu estávamos a fim um do outro. Num momento fiquei orgulhosa de mim mesma. Uau! Meu primeiro trabalho como atriz fora dos palcos do CEM. Em outro, fiquei preocupada. E se as pessoas entendessem tudo errado? Quem conhece a gente sabe que a Susana é uma das minhas melhores amigas. De repente fiquei aflita. Todo aquele frescor ficou abalado.

– E aí, Eduardo? Aprovado? – perguntou o Lucas, enquanto sacudia o outro freneticamente.

– Aprovado? Aprovadíssimo! E agora, o que vamos fazer?

– Postar no YouTube, claro. Você tem conta?

– Não. Vamos criar uma?

– Só se for agora!

Eles criaram uma conta no YouTube para o Eduardo e postaram o vídeo. Em meia hora estava tudo pronto. Cada um postou no próprio perfil no Facebook e no Twitter e resolveram relaxar até que o vídeo começasse a receber acessos.

Logo em seguida, o Caíque e o Guiga chegaram. Pediram um milhão de desculpas por não terem ido à gravação. Ontem teve jogo do Flamengo, e aqueles dois são flamenguistas doentes. E o que aconteceu? Sobrei ali naquela conversa totalmente masculina sobre juízes, jogadores milionários, contusões e impedimentos. O jeito foi ir conversar com a sogrinha. Mas, quando cheguei na sala, o telefone tocou. Era a priminha do Lucas, a Larissa. Como a dona Noely estava com uma panela no fogo, me pediu para atender.

– Oi, Mari, aqui é a Larissa, tudo bem?

– Tudo ótimo, florzinha. O que manda de novo?

– Você pode avisar para a minha tia que eu não vou poder ir hoje até a casa dela? Meu namorado vem aqui pra gente ver desenho.

Eu ouvi direito? Uma menina de 5 anos dizendo ter namorado?

– Claro, Larissa, pode deixar que aviso sua tia. Divirta-se!

Desliguei o telefone perplexa. E contei para a dona Noely o papo da Larissa. Ela achou muito engraçado.

– A minha sobrinha é uma figura! Eu sei quem é esse menino. É o vizinho dela, do andar de cima. Uma gracinha, eles têm a mesma idade.

Ela diz que ele é o namorado dela, mas ele nem sabe disso. Minha irmã acha engraçado e nem liga. Coisas de crianças.

Lembro que eu também tinha um namorado imaginário aos 5 anos. Era um amigo do Alex. Ele ia lá em casa e eles jogavam videogame. E sempre me levava balas de leite. Eu achava o máximo ganhar essas balas. Mas ele perdeu completamente a graça quando disse que eu não podia pintar o sol de azul e as nuvens de amarelo, que eu tinha trocado tudo. Foi a maior decepção. Ele não entendeu a minha arte, e eu me senti completamente rejeitada. Hahaha. Bons tempos. Eu também gostava de pintar o cachorro de rosa e a árvore de vermelho. Nós, artistas, somos mesmo incompreendidos...

6

Edu é popstar!

Sexta-feira à noite. Dia de namorar, certo? Errado.

Como se não bastasse a invasão dos namorados das MAIS na casa do Lucas, os tios do meu namorado resolveram que aquele era o dia perfeito para uma visitinha. E eu achei que uma ideia perfeita era dar o fora dali. Os tios dele são do tipo que fazem aqueles comentários bem constrangedores. "Nossa, como você cresceu!", ou "Já está namorando, assim tão novo? E a escola?". Ou ainda "Lembro como se fosse ontem quando eu trocava as fraldas desse moleque". Não. Eu não mereço uma coisa dessas, por mais fofo que o meu namorado seja.

Liguei para as meninas e sugeri uma coisa que não fazíamos havia muito tempo: cada uma levar seu pijama lá para casa e ficarmos até altas horas contando histórias de terror no escuro. A Aninha é a mestra das histórias macabras. Além disso, ainda costumávamos assistir a vídeos sobre lendas urbanas na internet. E depois ficávamos com os olhos arregalados feito corujas tentando dormir, com medo de qualquer movimento estranho dentro do quarto. E sem fazer xixi, lógico! E se a Loira do Banheiro aparecesse? Diz a lenda que ela só surge no banheiro das escolas, mas vai que ela resolve mudar a tática?

Quando elas chegaram foi uma festa! O meu quarto é espaçoso, mas com quatro pessoas dormindo nele fica meio apertadinho. Empurrei temporariamente a cômoda para o quarto do meu irmão para ter espaço para os colchonetes. Passei no mercado e comprei biscoitos e sorvete.

A Ingrid chegou cheia de novidades!

– Meninas, estou muito animada! Vocês se lembram daquela instituição de caridade para a qual fizemos campanha no CEM para arrecadar leite?

– Claro. Aquela campanha foi muito legal! – a Aninha falou, empolgada. – Foi uma das primeiras coisas que fizemos pelo grêmio.

– Pois é. Comecei hoje num trabalho voluntário na instituição. Que, aliás, se tornou uma ONG, chamada Reaprendendo a Viver.

– Que máximo, Ingrid! – a Susana ficou interessada. – E o que você vai fazer lá como voluntária?

– Bom, como o próprio nome diz, atende pessoas que estão reaprendendo as coisas, que passaram por dificuldades, especialmente doenças. Que ficaram muito tempo acamadas e estão em recuperação. Estão reaprendendo a andar, a falar e até mesmo a comer. A ONG atende a todas as idades. Eu escolhi ajudar as crianças e os mais velhinhos também.

– E como você ficou sabendo que aquela instituição tinha virado uma ONG? – perguntei.

– Eu estava na banca de jornal quando encontrei a responsável por lá, a Silvana. Quando ela me falou das mudanças e das novas tarefas, não resisti e fui conhecer. Fiquei encantada! E na mesma hora pedi para fazer alguma coisa para ajudar.

– Você não existe, Ingrid! – a Aninha a agarrou, enchendo-a de beijos. – Adoro esse seu jeito, sempre disposta a ajudar as pessoas.

– Ah, gente! Assim eu fico com vergonha...

O segundo assunto da noite foi, é claro, o vídeo do Eduardo. Liguei o computador para vermos como andavam as visualizações e tivemos uma surpresa gigantesca. Em apenas algumas horas, o vídeo teve mais de quinhentas visualizações, 35 compartilhamentos no Facebook, 130 pessoas curtiram e sessenta comentários, fora as 22 pessoas que retuitaram. Sucesso à vista? Sem dúvida!

Começamos a ler os recados. A mulherada estava morrendo de amores por ele. Ai, meu Deus! Bom, era um "efeito colateral" esperado, mas não pensávamos que seria assim tão devastador logo que fosse divulgado.

– Susana – a Aninha não conseguia parar de coçar a cabeça –, o negócio bombou, amiga! Seu namorado vai ficar famoso.

– Verdade – a Ingrid deu pulinhos. – E pensar que eu dei a ideia. Que romântico! Agora um montão de gente vai conhecer a música que ele fez especialmente pra você.

– Tem gente perguntando se eu sou a namorada dele... – falei meio engasgada, enquanto lia na telinha do notebook. – As pessoas estão confundindo tudo. Pelo amor de Deus. Por favor, Susana, não confunda isso também.

– Que é isso, Mari!? Claro que não! Seu namorado fez tudo, lembra? E eu estava lá ajudando.

– Ufa, ainda bem! – respirei aliviada. – Susana, todas nós sabemos que seu namorado é um gato. Não somos cegas, né? Mas, antes de mais nada, somos suas amigas. Eu não perderia sua amizade por causa de garoto nenhum.

E então aconteceu o inesperado. Ela começou a ficar vermelha. Sentou em um dos colchonetes, levou as duas mãos ao rosto e começou a chorar! Tadinha, ela soluçava muito, um choro quase desesperado. Eu olhava para a Aninha e para a Ingrid sem saber o que fazer. Esperamos até que ela se acalmasse e colocasse para fora todo aquele nervosismo. Sim, pois era um choro de nervoso. Depois que passou uns dez minutos, ela finalmente começou a falar.

– Estou com ciúmes do sucesso do meu namorado? – Ela enxugou o rosto e soluçou mais uma vez. – De jeito nenhum. Quero mais é que ele consiga realizar o sonho dele e se tornar um cantor reconhecido. Ele adora o que faz, e eu sei bem qual é a sensação de fazer aquilo que mais gostamos. Mas... vocês viram os recados? E quando a gente percebe que são quase todos de mulheres? Querem alguns exemplos de comentários que eu li? "Ai, nossa, que gato, canta lá em casa!" Ou "Larga essa menina aí e vem pra minha praia!" Ou "Não consigo parar de assistir! Virei sua fã número um".

Edu é popstar!

Ela respirou fundo, fechou os olhos e se calou de novo. E, nós três, assustadas, ficamos esperando o que ela ia falar.

– Nunca me senti tão insegura na minha vida! Tudo bem, nunca fui a rainha do controle emocional. Mas sempre tentei ser responsável, correr atrás das coisas que eu achava que eram importantes, ter disciplina. E o sentimento? Como disciplinar e organizar o sentimento?

– Ai, amiga. Fica calma – a Ingrid finalmente foi a mais corajosa e começou a falar. – Acho que posso falar por nós três. Claro que entendemos sua insegurança. Eu já ficava toda insegura com a Daniela, a ex do Caíque. Imagina com uma legião de fãs? Acho que ficaria da mesma forma. Tenta se acalmar, por favor. Estou com medo que você passe mal de nervoso. A gente nunca te viu assim antes.

– Isso, Susana. Tenta se acalmar – a Aninha se sentou ao lado dela, fazendo carinho nos cabelos da nossa amiga. – Lembra que a Mari até brincou com você no dia do concurso? Que cantores são cheios de fãs? Se pararmos pra pensar, sempre enxergamos a história de ser fã por um lado diferente. Lembra quando estávamos no sétimo ano e éramos fãs da banda Smart Boys? Pois é! A gente colecionava fotos, tinha pôster na parede, gritava nos shows. E lembra quantos defeitos apontávamos na namorada deles? Agora é uma de nós quatro a viver a vida dos bastidores. Quando a gente gritava pelos garotos, duvido que em algum momento nos preocupamos se a namorada deles ficava chateada.

– Comecei a enxergar todas aquelas garotas como ameaças – a Susana falou, depois de respirar profundamente. – Todas poderiam roubar meu namorado. Sim, eu confesso que fucei as fotos de cada uma delas, entrei em cada perfil no Facebook antes de vir pra cá. Vocês podem ter visto isso agora, mas vocês sabem bem qual é o meu mais novo vício, né? Não consigo parar de usar a internet do celular. Alguns perfis eram bloqueados, mas na maioria dava para fuçar bastante, mesmo não sendo amiga. Sabem aquelas típicas fotos com barriguinha de fora, fazendo biquinho e com a câmera virada para o espelho? A maioria tinha fotos dessa. Todas se achando a rainha da beleza e da sensualidade. Loiras, morenas, ruivas, mulatas, negras, baixas, altas, magras, gordinhas, cabelos compridos, curtos, lábios grossos, olhos azuis, verdes... Para todos os gostos! Eu dizia a mim mesma: "Susana, Susanaaaa! Para com isso, garota! Para de se torturar. São fãs do Edu, nada mais do que isso!" Por um lado, eu escutava e entendia. Mas, por outro, queria fuxicar mais e mais. E foi complicado reconhecer garotas do CEM, da turma dele. E pior, da nossa turma! Sim, garotas que sabem que a gente namora e que não estão nem aí. Recadinhos melosos, todas oferecidas.

– Ai, Susana! Pelo amor de Deus! Não estou acreditando nisso. Logo você, uma garota tão inteligente, caindo numa armadilha dessas? – a Aninha segurou a mão dela enquanto falava.

– Armadilha?

– O ciúme é um sentimento horroroso! Não permita que ele tome conta do seu coração. Ele faz você ver coisas onde não existe nada. Isso pode abalar seu namoro.

– Isso mesmo! – foi a vez da Ingrid. – Sabemos que não é fácil, mas não deixe transparecer para o Eduardo que você está com ciúme das fãs dele. O momento agora é de comemoração pelo sucesso. Se ele notar que você está insegura quanto a tudo isso, ele pode não entender muito bem.

– É verdade – a Susana concordou. – Vocês estão certas. É que eu não aguentei, parecia que meu peito ia explodir. Ainda bem que foi com vocês que eu chorei, já pensou se isso acontecesse na frente dele? Nossa, eu ia passar uma vergonha danada!

– Isso mesmo. Faça como eu, incorpore a atriz, finja que está tudo bem. Você precisa parecer segura e confiante ao lado dele. Se estiver a ponto de desmoronar, nos procure. Combinado assim? – eu a abracei bem forte.

– Combinado – ela disse, no meio de um grande suspiro. – O que seria de mim sem vocês?

– É por isso que nós somos as MAIS! As MAIS amigas e as MAIS compreensivas também! – falei toda metida, arrancando risadas delas. – E vamos logo atacar o sorvete? Nada melhor do que um bom sorvete de chocolate para acabar com as tensões...

7
O preço da fama

Acordei de um sonho muito louco! Sonhei que estava correndo na praia e um cachorro enorme vinha atrás de mim. Como corria na areia, era mais difícil, meus pés afundavam e parecia que cada perna pesava uma tonelada! Eu tentava gritar, mas não conseguia. Até que o cachorro mordeu minha canela. O estranho disso tudo é que minha canela não doía. Coçava. Comecei a coçar desesperadamente até que acordei. Quando olhei para a minha perna, ela tinha sido devorada, sim. Mas por mosquitos! Acho que eu fiquei traumatizada com o cachorro que me perseguiu por causa do frango assado e acabei sonhando. Hahahaha! Eu devo ter me mexido muito durante a noite e acabei ficando descoberta. Aí foi a festa para a mosquitada! É impressionante como sou atrapalhada até dormindo! Olhei para as meninas e todas elas estavam lindamente cobertas. E eu, toda desgrenhada.

Dei uma olhada no relógio e marcava dez horas. Como fomos dormir tarde, saí do quarto na pontinha dos pés para não acordar as garotas. Tomei um banho e passei pomada nas picadas de mosquito.

Cadê o povo dessa casa? Todo mundo sumiu! Dez e meia da manhã e já foram todos abduzidos. Talvez não. Conhecendo bem a rotina dessa casa, meu pai deve estar na garagem lavando e encerando o carro e

O preço da fama

meu irmão deve ter ido à praia com a nova namorada. Esse daí troca de namorada com a mesma velocidade com que troca os canais da tevê a cabo. Acho que ele é o nerd mais namorador do mundo!

Meu pai deixou o notebook ligado em cima da mesa da sala. Como eu não podia mexer no meu, que estava no quarto, resolvi acessar o Facebook pelo do meu pai mesmo.

Claro que não aguentei de curiosidade. Afinal, já tinham se passado várias horas desde a minha última conferida no vídeo e no perfil do Edu. Quando entrei, quase caí da cadeira. Pelo visto, ele tinha passado boa parte da madrugada no Facebook. Seu número de amigos tinha aumentado em 350 pessoas, mais ou menos. E, atualizando as estatísticas: o vídeo recebeu 2.350 visualizações, foi compartilhado 95 vezes no Facebook, 250 pessoas curtiram, 135 comentários e foi retuitado setenta vezes. Tudo isso em menos de 24 horas!

A página de recados era quase impossível de acompanhar! Quase todas ali eram garotas! E, pelos horários, calculo que o Edu tenha ido dormir lá pelas quatro da manhã. As respostas dele eram simpáticas e educadas. Quase todas bem parecidas, mudando uma palavra ou outra.

Meu Facebook, até dois dias atrás, era tão pacato, tadinho. As notificações eram tão modestas. Simplesmente 52 recados não lidos só hoje! Olha só um recado do Eduardo me zoando! Ele postou uma foto de uma tigela gigante de pipoca com uma garrafa de guaraná do lado. "É ou não é a sua cara esta foto? Não resisti! Rsrsrs... Parabéns, moça da praia! Rumo a Hollywood!"

Hahahaha! Quer dizer que agora virei fornecedora de pipoca e guaraná? Curti e respondi. "Não vai se acostumando não, hein, cantor da praia!"

Uma coisa voltou a me preocupar. A pergunta que estava em todo lugar era: "Aquela garota do vídeo é a sua namorada?" Será que as pessoas não veem que o status dele do Facebook é "em um relacionamento sério com Susana"? Que eu sou bem diferente dela? De repente me bateu um nervoso danado. O que será que o Lucas está achando disso?

Não pensei duas vezes. Vasculhei o álbum com as fotos mais recentes, peguei uma bem fofa de nós dois juntos e atualizei como sendo a do perfil. E resolvi atualizar as informações também. Coloquei assim: "Faço curso de teatro e fiz uma participação, como atriz, no videoclipe do cantor Eduardo Souto Maior. Adoro as minhas amigas, especialmente a Aninha, a Ingrid e a Susana. Sou alegre, comunicativa e sempre tenho uma história engraçada para contar. Amo o meu namorado, Lucas, meu cineasta mais talentoso!"

Pronto! Acho que isso acaba com qualquer dúvida. Assim espero! Se agi certo ou não, fiquei mais aliviada depois.

Ouvi um barulho na porta da cozinha. Eram meus pais chegando.

– Acordou, Bela Adormecida? E as garotas? Já acordaram também? – meu pai perguntou, me dando um beijo na testa.

– Acordei faz tempo! Elas estão dormindo. Vocês me abandonaram... Por que não me chamou, mãe?

– Esqueceu que eu tinha consulta com o dentista? – ela fez uma cara engraçada. – Aliás, precisamos marcar um horário para você. Popstar não precisa ter dentes lindos?

– Ah, mãe! – eu ri. – Para com isso de popstar! E esse termo é mais usado para cantoras. Você errou, pois eu só sirvo para cantar no banheiro.

– Cantando bem ou não, resolvi deixar a minha filhota famosa na internet dormindo mais um pouco. E, além disso, você estava com as garotas. E uma noite bem dormida faz bem para a pele.

– E por falar em *fazer bem*, Olívia – meu pai estalou os dedos –, preciso começar a fazer o almoço. Uma atriz tem de estar bem alimentada para dar autógrafos.

– Ai, vocês dois! – caí na risada. – Meu perfil na internet está bombando, cheio de recados. Mas nem se compara ao do Eduardo. Nossa, a mulherada tá caindo em cima dele... Coitada da Susana.

– Sério, filha? – minha mãe arregalou os olhos. – Ser namorada de famoso não deve ser fácil.

– Mas o Eduardo não é famoso! – protestei. – Ele só fez um vídeo e postou na internet.

– Tudo bem, vou trocar a palavra. *Popular*. Com esse vídeo, ele se tornou popular. Se ela não tiver estrutura, não vai aguentar tanto assédio.

– Ah, mãe, será? Ela chorou ontem à noite. Não esperava esse sucesso todo e o assédio das fãs. Mas estamos dando força pra ela, claro! Estou achando isso tão engraçado....

– Queria ver se fosse o Lucas...

Meu pai preparou uma comidinha perfeita! Como as meninas acordaram tarde, todo mundo resolveu almoçar, dispensando o café. Pena que foram embora logo depois. Mas adorei a nossa festinha do pijama, mesmo que não tenha dado tempo de contar as histórias de terror. Tudo bem, vamos deixar para a próxima. Afinal, dar uma força para a Susana era muito mais importante do que falar sobre histórias macabras no escuro.

O Lucas ficou de vir aqui em casa no fim da tarde. O que é diferente, pois eu sempre vou até a casa dele. Lá é melhor, a sala é grande. Pelo visto, o sábado ia ser daqueles bem caseiros. Depois do minicurso de cinema que fez, ele virou um cinéfilo louco. Ele não só presta atenção na história como em todos os detalhes: corte das cenas, figurino, cenários, erros de continuidade. Esses últimos então viraram o vício dele. Ai, esse meu namorado é muito engraçado! Nunca mais verei um filme do mesmo jeito. A paixão da vez são os três filmes da série *De volta para o futuro*. Ficou de trazer o primeiro para a gente assistir. E, de quebra, ainda trouxe o bolo de brigadeiro com cereja da minha ilustre sogrinha. Que dia mais perfeito!

Quando acabamos de ver o filme, não aguentei de curiosidade e resolvi tocar no assunto do vídeo do Eduardo.

– Luquinhas, você viu quantos comentários no perfil do Eduardo? As pessoas estão pensando que sou a namorada dele. Isso te deixa chateado?

– Chateado? – ele riu. – De jeito nenhum! Eu já imaginava que as pessoas iam confundir tudo, relaxa.

– Eu até mudei a descrição do meu perfil.

– Eu vi! Mari, não precisava, sério. Mas, se você achou melhor explicar, não tem problema.

– Agora fiquei confusa. Não sei se gosto disso ou não.

– Como? Não entendi.

– Você não ficou com ciúme? Meu namorado não me ama, não tem ciúme de mim – brinquei, fazendo bico.

– Mari, eu fiz o vídeo, lembra? Ciúme por quê? Do Eduardo? Ele é namorado da sua melhor amiga.

– Eu sei... Ah, deixa pra lá.

– Não. Deixa pra lá não. O que está acontecendo?

– A minha mãe acha que deve estar sendo difícil para a Susana. Afinal de contas, a mulherada está dando em cima dele na internet. Não deve ser fácil ter namorado famoso.

– Aí você achou que eu ia ficar com ciúme por causa do Eduardo? Esquece isso, Mari! Você vai ser atriz. E, quando isso acontecer, vai contracenar com um monte de gente. Quero dizer... garotos! Ainda mais agora com o curso de teatro. Vai fazer peças durante o curso, ensaiar apresentações. Eu vou me esforçar para entender tudo isso. Estudar cinema, mesmo que pouco ainda, me mostrou que é normal.

– Uau! – dei um beliscão no braço dele. – Você existe mesmo? Um namorado que não é ciumento?

– Ah, não vou dizer que não vou ficar atento se algum engraçadinho vier pra cima de você. Como diz o ditado, quem ama cuida. Cuidado, apenas. Sem neurose.

O preço da fama

– Vou falar para o meu irmão, o rei da biologia, estudar você. Quem sabe não é uma sugestão para o trabalho final da faculdade? Você deve ter algo de errado no seu DNA. Hahahaha!

8
Mãe, compra outra marca de sabão em pó!

O fim de semana foi tranquilo. Geralmente quando chega a segunda-feira, a gente fica meio deprê, mas as férias não deixavam isso acontecer. Bom, pelo menos era isso que eu pensava.

Naquele dia, minha mãe não foi para o escritório. Muito estranho ter a minha mãe em casa em dia de semana. E, claro, sobrou pra mim.

– Maria Rita! Parece que houve uma guerra neste quarto. Trate de arrumar agora!

Ordem que começa com meu primeiro nome completo é melhor obedecer. Como estava chovendo, não fiquei tão brava com a tarefa. Do contrário, trocar a praia pela arrumação num dia ensolarado me deixaria possessa! Vamos lá obedecer a chefinha dona Olívia.

Realmente ela tinha razão, ainda mais depois que as meninas dormiram aqui em casa. Eram embalagens vazias de biscoito, bala e chocolate espalhadas por todos os cantos. Catei tudo, coloquei num saquinho de lixo e peguei a vassoura. Dei uma boa varrida no quarto e guardei as roupas que estavam penduradas na cabeceira da cama. Isso sem falar nos sapatos escondidos embaixo dela. Que horror! Estava realmente uma bagunça profissional! Passei lustra-móveis no armário e na mesinha do computador, e ficou até parecendo o quarto de outra pessoa.

Mãe, compra outra marca de sabão em pó!

Chamei minha mãe toda feliz para mostrar o resultado. E pensa que parou por aí?

– Mari, por favor, dá um pulo no supermercado para comprar arroz e tempero? Seu pai está na editora e hoje eu vou fazer a comida.

– Mas mãe... Não tem outra coisa pra fazer na geladeira ou na despensa? Tá chovendo...

– Deixa de preguiça! Vai lá, filha. Estou ocupada organizando as contas.

– Você é doidinha, mãe! Ganha um dia de folga no escritório e nem pra aproveitar? Eita mulher que só pensa em trabalho...

– Mas é ele que paga seu curso de teatro, não é? Então para de reclamar e vai logo.

Vou te falar uma coisa, hein? Quando ela resolve incorporar a chefinha ninguém segura! Afeee! Estava tão bom só andar de vestidinhos e shorts desde o início das férias... Com essa chuva, vou ter que colocar jeans para sair.

Foi aí que algo estranho aconteceu. Vesti um, mas ele não fechou! Que negócio é esse? Peguei uma segunda calça e a mesma coisa.

Estava apertada no bumbum e o zíper não fechava de jeito nenhum. Para ser mais precisa, faltava quase um palmo para um lado chegar perto do outro. Fui assim até a sala encontrar minha mãe, e o Alex tinha acabado de chegar da academia.

– Mãe, tem alguma coisa errada com o sabão em pó que você está comprando!

– Como assim, Mari? – ela olhou espantada. – Manchou sua roupa?

– Não! Já é a segunda calça que coloco e não fecha! Esse sabão só pode estar encolhendo as minhas roupas.

E aí os dois caíram na gargalhada. Tudo bem, estou acostumada a ver o povo rindo de mim, já que pago um mico atrás do outro. Mas o Alex exagerou. Ele se jogou no sofá e chorava de tanto rir.

– Posso saber o que eu disse de tão engraçado a ponto de o cientista maluco aqui perder a compostura?

– Mari, minha irmã... – ele enxugou as lágrimas. – Você é engraçada demais.

– Não entendi.

– Você acha mesmo que o sabão em pó encolheu as suas roupas?

– E que explicação pode haver para isso? – apontei para o zíper da calça.

– Filha – minha mãe fez uma cara muito bizarra e continuou –, o problema não está no sabão em pó. O problema é que você deu uma engordadinha.

– Engordadinha? – quase gritei. – Eu estou gorda?

– Não! Gorda, não... – ela tentou me acalmar. – Mas você está um pouco mais cheinha.

– Viu? É nisso que dá dormir até tarde e se entupir de porcarias – meu irmão falou, apontando para mim. – Você se alimenta mal, não faz exercícios e não entende por que a calça não quer fechar? Só você, Mari. Pensa bem! Como foram as suas férias até agora?

Cinco segundos para refletir. *Sol, preguiça, mar, preguiça, dormir tarde vendo filme, preguiça, pipoca, preguiça.*

– Ai, Alex! Como você é grosso! – parti pra cima dele, na tentativa ridícula de tirar a culpa das minhas costas, mas minha mãe me impediu.

– Calma, filha! E você, Alex, para de implicar com a sua irmã.

– E agora, mãe? Meu mundo acabou. Minha carreira de atriz acabou antes mesmo de começar. E o Lucas vai terminar comigo, porque virei uma baleia.

– Pronto, começou o drama! – ela caiu no riso de novo. – Deixa de ser exagerada, filha! Vamos mudar o que está errado e logo você vai voltar ao seu peso normal.

– Como?

– Fazendo o que o seu irmão falou. Parando de comer tanta bobagem e se alimentando melhor.

– Vou ter que fazer dieta? – caí sentada no sofá. – Ai, não! Comer aquelas saladas horrorosas? Não quero não, mãe. Vou fazer o seguinte. Vou parar de comer, pronto! E ainda vamos economizar no mercado, olha só que ideia sensacional! Resolvida a questão.

– Que ótimo que estou de folga hoje – ela bateu palminha no ar, ignorando por completo minha sugestão. – Vou ligar agora para a dra. Catarina, minha endocrinologista. Assim, ela pede um exame de sangue e passa uma dieta adequada para você.

Cadê aquelas imagens de "Odeio segunda-feira" do Facebook para postar uma atrás da outra no meu perfil? Estou vivendo um pesadelo? Ahhhhhhhhhhhhhh!!!

– Alex, já que eu não tenho roupa pra sair nessa chuva, você bem que poderia ir ao supermercado, né? – perguntei, contrariada.

– Tudo bem, *fofinha*, eu vou, sem problemas – ele apertou as minhas bochechas.

– Mari, que sorte – minha mãe veio radiante sacudindo um papelzinho. – A dra. Catarina tem um horário vago hoje às 17h30! Vamos logo resolver essa questão.

– A dra. Catarina? – meu irmão arregalou os olhos, todo animado. – Posso ir junto?

– Nada disso, Alex! – ela foi bem categórica. – Vou sozinha com a sua irmã.

O dia se arrastou até a hora da consulta. Achei um tremendo exagero essa coisa de ir ao médico por causa de um zíper que não fecha. E, quando finalmente a porta do consultório se abriu e ela chamou meu nome, eu entendi perfeitamente por que meu irmão ficou todo empolgado ao ouvir o nome dela. A dra. Catarina era a mulher mais bonita que eu já tinha visto na minha vida inteirinha!

Já que ando tão cinéfila quanto o Lucas, achei que ela parecia uma cópia da Sophia Loren aos 30 anos. Outro dia assistimos a uns filmes mais antigos, da década de 60, e fiquei encantada com a beleza dela! E naquela época não existiam os recursos de hoje, como plástica, botox, silicone e tudo o mais.

A dra. Catarina é muito jovem e muito bonita para uma médica. Humm... Fui preconceituosa? Médicas não podem ser jovens e bonitas? Pensei que mulheres assim só existissem naqueles seriados médicos que passam na tevê a cabo, como *Grey's Anatomy* ou *Private Practice*. E ela não era só bonita ao extremo, mas muito simpática.

Ela conversou comigo sobre os meus hábitos alimentares, tirou minha pressão e me pesou. Eu estava cinco quilos acima do peso ideal.

– Mari, o exame de sangue é importante para saber como anda seu colesterol, a glicose, o funcionamento de sua tireoide e todas essas coisas. Não se apavore, é um exame muito normal. Você vai ter de ficar doze horas em jejum. Por exemplo, faça sua última refeição até as nove da noite, e o exame, por volta das nove da manhã do dia seguinte.

– Eu vou ter que tomar algum remédio?

– Você tem poucos quilos para perder. Você não está gorda, apenas um pouco acima do peso que normalmente você tinha. Mudando sua alimentação e praticando uma atividade física, logo você vai voltar ao peso de antes. Primeiro faça o exame de sangue e retorne aqui assim que ele ficar pronto. Somente aí vou passar sua dieta.

Preciso dizer que a minha mãe me obrigou a fazer o exame no dia seguinte? Eu odeio agulhas. Foi complicado ficar doze horas em jejum. Como ela tinha que trabalhar cedo no dia seguinte, meu pai foi comigo ao laboratório.

Nossa, um monte de gente para fazer exames! Meu lado egoísta apreciou o fato de não estar sozinha para o sofrimento. Logo que fui chama-

Mãe, compra outra marca de sabão em pó!

da, já estava preparada para ter chiliques. Mas adivinha quem veio tirar meu sangue? Justamente a mãe da Amanda, a garota que tem ódio gratuito da Aninha. Não fazia a menor ideia que a mãe dela trabalhava ali.

– Oi, Mari! Tudo bem, querida? – ela tentou ser simpática. Bom, ela parecia ser simpática, bem diferente da filha.

– Tudo bem, e a senhora?

– Tudo ótimo. Não vai doer nada, prometo. Só a picadinha da agulha e mais nada.

Apenas sorri. Tive que me controlar ao máximo para não pagar mico na frente dela. Sim, pois da última vez que fiz exame de sangue fiquei enjoada com tudo: com o cheiro de álcool, com o esparadrapo, com o tamanho da agulha, com o garrote que aperta o braço e dá a impressão de que vai dividi-lo ao meio. E, ainda por cima, sabe aquele negócio de ficar cutucando o braço para achar a veia? Dá mais nervoso que a agulhada. Comecei a suar frio e por pouco não desmaiei. Já pensou se isso se repete? Aí ela contaria para a Amanda que eu fiquei com medinho de tirar sangue e dei chilique e a garota trataria logo de espalhar para o CEM inteiro. *Se controla, Mari! Se controla!*

Enquanto ela pegava o material, olhei para a cabine da frente, onde estava um garotinho de uns 8 anos. Ele era uma gracinha! Acho que estava com a avó, uma senhora com cabelos grisalhos e bochechas rosadas. Ele se virou para ela, todo homenzinho, e falou:

– Pode ficar tranquila que não dói nada.

Achei graça. E, ao contrário do que eu sempre fiz, ou seja, virar a cara para a parede até que tudo tivesse terminado, ele ficou olhando a agulha no braço dele e a troca dos tubos. Depois que a coleta terminou, ficou segurando o pequeno pedaço de algodão no braço, desceu da cadeira e falou sorridente para a avó:

– Não falei? Já acabou, vamos embora?

Que tapa na cara, hein, Mari? A gente pensa que só aprende as coisas com os mais velhos e experientes. E não é que aprendi uma tremenda lição de coragem e de comportamento exemplar com um garotinho desconhecido que deve ter metade da minha idade?

Quando a mãe da Amanda me mostrou a agulha descartável e amarrou meu braço com o garrote, imitei o garotinho e fiquei assistindo a todo o processo. Claro que o cheiro do álcool me incomodou um pouco, mas fui valente. Uhuuuu! Adorei essa nova Mari, corajosa.

Uma semana depois, quando o exame ficou pronto, voltei ao consultório da dra. Catarina. Só que dessa vez não teve jeito. O Alex ficou insistindo um tempão e meu pai deixou que ele me acompanhasse. Ele falou que era como uma espécie de estudo para o curso de biologia. Ãrrã, sei. Tudo a ver com a vida dos insetos que ele tanto adora...

– Parabéns, Mari! – ela disse sorrindo, e meu irmão ali babando, sem nem disfarçar. – Seus exames estão normais. Pensei que viriam um pouco alterados por causa da sua alimentação errada, mas acho que podemos mudar isso facilmente com dieta e exercícios.

– Ai, doutora – fiz beicinho. – Odeio as duas coisas. Não tem outro jeito?

– Não, Mari. Você não me disse que quer ser atriz?

– Sim, eu disse. Eu tenho que ser magra, né? As duas coisas estão intimamente ligadas...

– Não, querida. O talento de um ator independe de ele ser gordo ou magro. Não estou falando apenas por causa da aparência. A rotina de artista não é nada fácil. Eu atendo várias atrizes e artistas de diversos setores. A carga de trabalho é intensa, e é preciso muita disposição para dar conta de tudo. Viagens, ensaios, peças, sessões de autógrafos. Você ainda está bem no começo, mas seria interessante já começar a se preparar. Até porque você tem que dar conta da escola e do curso. É preciso se alimentar de maneira saudável para ficar bem-disposta. A dieta que vou passar para você não vai ser nada mirabolante, pode ficar tranquila – ela riu. – É preciso comer com prazer.

– Do jeito que você fala parece tão fácil... – resmunguei.

– No início não vai ser. Depois você vai se acostumar e vai gostar, posso garantir. Anotei aqui nesta tabela coisas que você precisa evitar e outras que tem de fazer mais. Por qual delas quer começar?

– Pelas más notícias, claro.

– Não são más notícias – ela riu. – Quero que triplique a quantidade de água que toma normalmente. No mínimo seis copos por dia, mesmo que não sinta sede. A água é excelente para o organismo. Evite refrigerantes, mas, se não conseguir logo de cara, troque pelo diet ou zero, pois os normais têm quantidade elevada de açúcar. Que tal experimentar alguns sucos? De quais frutas você gosta?

– Sinceramente? De quase nenhuma! Gosto mais de maçã, melancia e abacaxi. E já experimentei tudo de uva. Suco, bala, picolé, chiclete... Mas acho que nunca comi uva de verdade.

– Entendi – ela fez cara de desolada. – Temos uma pequena batalha pela frente, mas vamos conseguir. O leite é importante na sua idade, pois é uma excelente fonte de cálcio para fortificar os ossos. Vamos trocar o leite integral pelo semidesnatado, mas não fique sem tomar leite. Use adoçante sempre, em todas as ocasiões. Você não precisa cortar os doces por completo, apenas diminua a quantidade. Vou permitir um bombom por dia para você não surtar. Sentiu fome e uma vontade absurda de comer um doce? Coma uma fruta ou uma barrinha de cereais. Sentiu uma vontade tremenda de comer um sanduíche? Pode comer. Escolha pão integral, queijo branco, presunto magro e um bom suco. Na hora do almoço e do jantar, opte por legumes e verduras com uma carne grelhada. Se não consegue comer legumes, bata tudo no liquidificador e tome uma boa sopa à noite.

– Já estou ficando deprimida com tudo isso.

– Vai dar certo. A primeira semana vai ser a mais complicada, não vou te enganar. Adquirir novos hábitos é questão de educação mesmo. Depois, você vai se sentir tão bem e tão disposta que não vai querer mais saber de outra coisa.

– E quanto aos exercícios físicos? Vou ter que entrar numa academia?

– Não necessariamente. Você pode caminhar ou andar de bicicleta. Como está de férias, pode ser uma distração aliada à dieta. Mas, quando as aulas recomeçarem, você vai precisar de disciplina. Que tal fazer aulas de dança? Ajuda a emagrecer, vai te ajudar com o condicionamento físico, é divertido e ainda aumenta pontos no seu currículo de atriz.

Quem não contrataria uma atriz jovem como você, com a saúde em dia, bonita, bem-disposta e que saiba dançar? Pense nisso.

Com esses últimos conselhos saí de lá mais confiante e animada. Já me imaginei em um musical dançando e arrancando aplausos da plateia. Saí do transe hipnótico para olhar para o meu irmão. Ele estava com cara de apaixonado quando saiu do consultório.

– Alex, acorda! Pensa que eu não reparei que só faltava um babador de tanto que você olhou para a dra. Catarina?

– Ela é demais, né? Linda, inteligente, fala bem, ela te convence até a ir para a Lua, se quiser.

– Só que ela é bem mais velha que você.

– Nem tanto assim, só uns dez anos.

– Você gosta de mulheres mais velhas, é? – comecei a rir.

– E o que tem de mais? Se fosse o contrário, ninguém diria nada. Um homem de 30 com uma mulher de 20 é supernormal. Agora, quando a mulher é mais velha, todo mundo adora falar. Preconceito bobo.

– Você é um fedelho que ainda está na faculdade. Ela é formada, experiente, já tem um consultório. Você acha que ela vai te dar bola, Alex? Só nos seus sonhos!

– Vai debochando...

– Não é deboche, é constatação dos fatos. Esquece isso, irmãozinho. Depois falam que nós, garotas, é que temos paixões platônicas. Pelo visto, vocês também viajam na maionese fantasiando amores impossíveis.

E o dia terminou com um sorrisão gigante do meu pai. Ele foi comprar coisas para a minha dieta. Quando abri a geladeira, tive uma surpresa. Nunca tinha visto tanta coisa colorida junta! E ele começou justamente por onde? Pela sopa! Como eu não consigo olhar para os legumes inteiros e muito menos mastigá-los, ele fez uma sopa bem cremosa batida no liquidificador. Tinha abóbora, batata-inglesa, batata-baroa, cenoura, chuchu e caldo de galinha. A primeira colherada foi quase um acontecimento. Meu pai quase se viu obrigado a fazer aquele tradicional aviãozinho. Tenho que confessar uma coisa: estava uma delícia! Mas, para não perder a pose de "dramática da família", fiz caretas e beicinhos enquanto tomava.

9
Não quero crescer não, dá pra parar?

Mais um sonho louco. Dessa vez, eu rasgava a embalagem de uma barra gigante de chocolate e encontrava um cupom dourado. Era o cupom para a Fantástica Fábrica de Chocolate do Willy Wonka! Ao chegar lá, tomei o maior susto. O Johnny Depp estava vestido como o Capitão Jack Sparrow, de *Piratas do Caribe*. E me trancou numa sala cheia de todos os tipos de doces. Balas de caramelo, rocamboles de chocolate, tortas de morango com marshmallow, confetes coloridos, pudim de leite. Ele disse que só me libertaria se eu comesse tudo.

Apavorada, comecei a comer, comer, comer... e acordei com a cara enfiada no travesseiro e completamente descabelada. Não é possível! Essa dieta está me deixando mais doida do que eu sou normalmente.

Sábado. Dia em que eu, toda feliz, me entupiria de pipoca e pizza. Que saudade. Só de raiva, liguei para a Aninha.

– Eu odeio você, garota!

– Gente, o que é isso? Hahahaha! Tudo bem com você, Mari? O que eu fiz?

– É magra, por isso eu te odeio.

– Você está numa crise de abstinência, por isso eu vou te perdoar.

– Eu quero comer pizza. Cheia de queijo escorrendo pelo canto da boca.

– Calma! – ela não conseguia parar de rir. – O esforço vai valer a pena, você vai ver.

– A médica sugeriu que eu fizesse dança, já que não me interesso por exercício nenhum.

– Adorei a ideia! – ela gritou do outro lado. – Vamos fazer juntas?

– Você tá falando sério?

– Claro que estou. Eu fiz jazz no ano retrasado, mas lembra que meu pai ficou desempregado por um tempo? Aí eu tive que escolher e acabei ficando só com o curso de inglês, não dava para pagar as duas coisas. Mas, como ele já voltou a trabalhar e tudo voltou à normalidade aqui em casa, acho que posso pedir para voltar. E o mais legal é que as aulas são no CEM. Existem várias academias de dança, mas lá é mais barato.

– Ai, não acredito, que bom! Assim vou ficar mais motivada para fazer. É difícil?

– Como você nunca fez pode ter alguma dificuldade no começo, mas é só acompanhar os passos. É muito divertido!

– Vamos falar com os nossos pais sobre a matrícula e tudo o mais?

– Perfeito! Vamos sim!

Liguei para a Susana e para a Ingrid para saber se elas iam querer fazer a aula de dança também. A Susana, como esperado, não ia ter tempo por causa do vôlei. Treino da CSJ Teen quatro vezes por semana. Acho que ela já faz exercícios suficientes para uma pessoa só. Haja disposição! Já a Ingrid disse que não ia poder, apesar de querer muito. A lista de material escolar dela e da Jéssica, sua irmãzinha caçula, deixaram a mãe e o padrasto de cabelos em pé.

– Eu não vou ter coragem de pedir para pagarem mais alguma coisa, Mari.

– Poxa, que pena. Mas, me conta, e o trabalho voluntário?

– Fui lá ontem de novo. Estou adorando! Já fui três vezes.

– Já?! E durante quanto tempo você fica na ONG?

– Umas duas ou três horinhas, no máximo. É uma vez por semana. Mas, como a gente tá de férias, acabei indo mais vezes.

– Só uma vez por semana? – estranhei.

– As pessoas pensam que trabalho voluntário exige muito tempo. Nada disso. É o tempo que você tem livre, nada que atrapalhe as tarefas que você já faz normalmente.

– Entendi. E o que você fez lá?

– Ajudei as crianças a pintarem várias coisas com giz de cera. Elas adoram. Como eu disse, elas ficaram doentes por muito tempo, sempre em hospitais, tomando injeções, essas coisas. Então, o simples fato de não estarem mais na cama e poderem desenhar já é muito bom. Eu me divirto mais que elas.

– Qualquer dia desses eu vou com você. Não sei se vou me tornar voluntária, mas fiquei curiosa.

– Vamos sim! Você vai gostar! – ela falou, animada.

Entrei no site do CEM e, na parte das atividades extracurriculares, tinha todas as informações sobre o curso de jazz. Adoro quando a gente encontra tudo que precisa na internet! Quando cheguei à sala para falar com a minha mãe, eis a surpresa. Havia chegado justamente uma carta do CEM sobre as novidades do ensino médio. Acredita que agora eles resolveram que uma vez por semana teremos aula o dia inteiro? E numa segunda-feira? Um absurdo! Quer dizer que vou ficar das 7h30 até as 18h30 estudando? Isso é o fim.

– Você anda muito revoltadinha, Mari. O que é isso agora? – minha mãe fez cara de espanto.

– Revoltadinha, mãe?!

– Mari, minha filha, acho que você ainda não entendeu bem as mudanças pelas quais você está passando, não é? Adoro esse seu jeitinho atrapalhado, carismático, que adora contar histórias engraçadas, mas você precisa se situar!

– Preciso me situar? Não estou entendendo.

– Agora você está no ensino médio, com responsabilidades maiores. Você vai notar diferença nos alunos, professores, trabalhos, provas. Tudo agora visa o vestibular, a carreira que você vai escolher. Serão os simulados, concursos, ENEM. E você vai precisar ser mais disciplinada. Claro que você não vai deixar de ser adolescente, até porque essa é a fase mais legal! Eu, na sua idade, adorava ir a festas. Ainda mais agora, vai ter um monte de festas de 15 anos, uma atrás da outra – ela falou olhando para o teto e dando um suspiro. – Mas você vai precisar organizar melhor seus horários.

– Não estou gostando nada desse negócio de crescer, virar adulta. Não dá pra parar não? – brinquei.

– Infelizmente não. Você me falou sobre a dança. Eu acho fantástico, até porque vai fazer bem para você. Já parou para pensar na agenda que terá quando as aulas recomeçarem?

– Para falar a verdade, não.

– Veja bem. A partir de agora, você ficará todas as segundas no colégio. Tem as aulas de teatro nas terças, quartas e sextas. Não podemos esquecer o curso de inglês, que também será às terças e quintas. As aulas de dança são quartas e sextas, conforme o melhor horário que você imprimiu do site. Como vai administrar tudo isso? As coisas não estão encaixando.

Eu me sentei desolada no sofá. Nunca tinha feito tantas atividades assim. E todas eram importantes. Pensei em desistir de alguma coisa, mas era praticamente impossível. Conversamos por uma hora calculando todas as possibilidades. E decidimos que o melhor era trocar as aulas de inglês para os sábados de manhã. Até precisei fazer uma tabela com a minha nova maratona. Peguei caderno, caneta e comecei a dese-

Mãe, compra outra marca de sabão em pó!

nhar a minha vida de agora em diante. Enquanto fazia isso, o celular da minha mãe tocou, pra variar. Só que não era do trabalho, era a tia Elvira. E elas ficaram papeando por uns dez minutos, tempo suficiente para eu caprichar no desenho. Quando terminei, arranquei a folha e mostrei para ela, que olhou espantada.

	Segunda	Terça	Quarta	Quinta	Sexta	Sábado	Domingo
7h30-12h30	CEM	CEM	CEM	CEM	CEM	Inglês	Dormir muito!!!
12h30-13h30	Almoçar	Almoçar	Almoçar	Almoçar	Almoçar	Estou livre!! ☺	Dormir mais um pouquinho ☺
13h30-15h	CEM	Tirar um cochilo ☺	Jazz	Tirar um cochilo ☺	Jazz	Lucas/MAIS ☺	Almoço em família ☺
15h-17h	CEM	Decorar os textos	Tomar banho, lanchar e relaxar um pouquinho	Ver um filme pra me distrair! ☺	Tomar banho, lanchar e relaxar um pouquinho	Lucas/MAIS ☺	Cineminha? Shopping? Caminhar na praia? ☺
7h-9h	CEM	Teatro ☺	Teatro ☺	Revisar a matéria do CEM	Teatro ☺	Lucas/MAIS ☺	Pizza? Não posso, tô de dieta ☹
9h-22h30	Jantar e ficar hipnotizada diante da tevê	Jantar e fazer tarefas do CEM	Jantar e ficar hipnotizada diante da tevê	Jantar e revisar a matéria do curso de inglês	Namorar! Lucas, Lucas, Lucas! ☺	Lucas/Festa/MAIS ☺	Arrumar o material da semana ☹
22h30	Dormir exausta	Dormir	Cair desmaiada de cansaço ☹	Dormir	Dormir feliz! ☺	Lucas/Festa/MAIS ☺	Ficar deprimida e dormir ☹

– Que organização, hein, filha? Você colocou até a hora de ir dormir, com direito até aos cochilos. Como um primeiro rascunho, está bem detalhado. Parabéns! – ela riu.

– Você sabe que eu adoro dormir e tirar uma boa soneca, né? Não posso dispensar isso.

– Por que no fim do domingo tem todas essas carinhas tristes? Afinal, você vai se preparar para a semana que escolheu ter.

– Mãe, todo mundo fica deprimido no domingo à noite. Eu preciso ser igual a todo mundo e postar aquelas carinhas tristes no meu perfil. Se eu disser que estou feliz domingo à noite, a galera vai pensar que sou estranha.

Minha mãe se levantou e me puxou do sofá. Ela me abraçou bem apertado e falou:

– Você é a melhor filha que eu poderia querer! Obrigada por ser desse jeitinho. Se precisar de ajuda com essa maratona toda, fale comigo.

Ela foi para o quarto cuidar das coisas dela e eu fiquei com cara de boboca na sala. São tão raros esses momentos com ela! Eu adoro a minha mãe, mas ela é ocupada demais. Ser executiva de uma grande empresa exige que ela fique muito tempo no escritório e viaje a negócios. Eu achei péssima essa história de exame de sangue e dieta. Mas, quando precisei dela, ela veio logo me socorrer. Marcou consulta, cuidou de mim e agora me alertou sobre as coisas que vão acontecer daqui pra frente. Adorei esse momento família!

10
O ciúme é uma doença contagiosa?

Peguei a tabela e passei para o computador. Assim, se alguma coisa mudar, é mais fácil alterar. Imprimi e colei na porta do meu armário. Não sei se vou conseguir cumprir tudo desse jeitinho, mas vou tentar. Eu me lembrei da Susana, que tem uma rotina complicada. Se a minha amiga conseguiu, vou conseguir também!

E, por falar nela, com essa confusão toda de calças que *encolhem*, dietas e paixonite aguda do Alex pela minha médica, acabei me esquecendo de acompanhar a história do vídeo do Eduardo. Liguei para ela para saber se ela queria fazer aulas de jazz e me esqueci completamente de perguntar.

Claro que o vídeo fará bem para o meu currículo, mas o sucesso dele realmente é muito louco. O que tem de meninas querendo o namorado da minha amiga... Ai, meu Deus!

Liguei para ela de novo.

– E aí, Susana? Desculpa a falha, amiga! Te liguei e me esqueci de perguntar como estão as coisas com o Eduardo e a nova rotina de popstar.

– Tudo bem, eu estou aprendendo a lidar com todas essas novidades do Edu.

– As garotas estão impossíveis, né? Xiiii...

– Também. Mas o negócio é que começaram a me xingar no Facebook e nos comentários do YouTube.

– Começaram a te xingar? – perguntei horrorizada.

– No Facebook, elas me apelidaram de Girafa sem Pescoço.

– Como você sabe que esse apelido ridículo é pra você?

– Claro que é pra mim! Você sabe que eu não consigo resistir e vou lá fuxicar o perfil delas. Elas postam coisas do tipo: "Ai, Edu, larga essa Girafa sem Pescoço que eu vou te fazer mais feliz". E várias garotas comentaram dizendo que não entendem como ele pode namorar comigo, que o fato de eu ser atleta não tem nada a ver com ele. E ainda diziam que eu não sou tão bonita assim pra ele.

– Mas elas postam isso no perfil do Edu?

– Não, elas não têm coragem de fazer isso no perfil dele. Postam no perfil delas. Eu é que não consigo parar de fuxicar e acabo encontrando essas pérolas. Sábia é a minha avó que sempre repete aquele velho ditado: "Quem procura, acha".

– Ai, amiga! Não fica chateada com isso, por favor.

– Não tenho como não ficar, Mari! Você ia gostar de ler esse bando de coisas sobre você? Pra mim, diretamente, ninguém fala. Até pensei que alguma mais atrevidinha tentaria ser minha amiga ou me xingar diretamente, mas não. Meu perfil está mais quieto que um convento. São muitas indiretas nas redes sociais, sabe? Aí eu paro e penso se aquilo tudo é pra mim mesmo. Outras vezes penso que já estou com mania de perseguição.

– Isso tudo é inveja, Susana! Elas gostariam de estar no seu lugar.

– E pior. Tomei a maior bronca do treinador por causa disso.

– Como assim?

– Num dos intervalos, eu não aguentei e fui bisbilhotar o celular. Só que é proibido. Eles dizem que precisamos focar nos treinos e que, enquanto estivermos ali, só temos o vôlei na nossa vida. Aí ele me pegou usando o celular. Falou um bocado! Morri de vergonha.

– Você não pode se prejudicar por causa de ciúmes do Eduardo. Será que eu vou ter que te lembrar do tanto que você lutou para ser contratada? E agora vai estragar tudo porque não pode ficar um minuto sem esse telefone?

– Eu sei. Você está certa, preciso me controlar.

– Isso, amiga, se controla. Para o seu próprio bem. Relaxa, esqueça essas garotas e curte seu namorado. Hoje é sábado! E estamos na última semana de janeiro, portanto, aproveite!

– Ah, esqueci de contar. Por causa do sucesso do vídeo, ele foi convidado para fotografar a nova coleção de uma marca de roupas para adolescentes. No início ele não queria aceitar, afinal não é modelo. Mas o tio dele, o professor Rubens, fez o Edu mudar de ideia. Quando entendeu que o dinheiro que ia ganhar poderia financiar mais gravações, ele concordou. Os pais dele também concordaram, já que não têm como patrocinar o sonho dele de ser cantor.

– Além de cantor, vai virar modelo também? Esse garoto vai longe!

Brinquei com ela, não quis aumentar ainda mais sua insegurança, mas agora mesmo que o negócio vai ficar doido para o lado dele! Se um vídeo deixou as garotas apaixonadas, imagina fotos espalhadas em outdoors, revistas e sites de moda? Vamos aguardar as cenas dos próximos capítulos...

O fim de semana foi tranquilo ao lado do meu namorado fofo. E ele me contou uma novidade muito legal. O Instituto de Cinema e Arte, onde o primo dele trabalha, vai oferecer oficinas gratuitas de teatro, cinema e música essa semana, todos os dias, na parte da tarde. Ele estava querendo se inscrever na oficina de roteiro e me incentivou a entrar na de teatro. Adorei a ideia! Já era um ensaio para o curso que eu ia começar. E o mais legal disso tudo foi que a Ingrid resolveu participar junto comigo. Ela disse que seria uma ótima oportunidade para perder um pouco a timidez e deixar de ficar vermelha em algumas situações. Fizemos nossa inscrição pela internet e comemoramos quando os e-mails de confirmação chegaram. Janeiro ia terminar em grande estilo!

Quando chegamos ao instituto, não conseguimos conter o espanto. Era simplesmente fantástico! Por isso que o Lucas ficou fascinado pelo lugar... Tinha fotos de filmes antigos espalhadas pelos corredores, com os mais famosos atores, tanto nacionais como estrangeiros. Cartazes de peças de teatro, objetos de cenários, anotações de roteiros e fotos de bastidores com atores se maquiando ou ajeitando o figurino. Na parte de trás, tem um café com mesinhas e a decoração foi feita com rolos de filmes e discos de vinil.

A oficina do Lucas terminaria meia hora mais cedo que a nossa, então ficamos de nos encontrar no café. A Ingrid e eu entramos na sala destinada ao nosso curso. Ainda faltavam alguns minutos para começar, e, como não havia cadeiras, sentamos no chão e começamos a observar os nossos companheiros dos próximos dias.

A maioria tinha a nossa idade. Um menino lia um livro quieto num canto. Ele era bonito, cabelos lisos caindo no rosto. Poderia facilmente ser eleito como Colírio Capricho. Em outro canto, uma garota de uns 13 anos estava toda maquiada, de salto alto e cheia de pulseiras. Ela não parava de mexer no cabelo e retocar o batom. Duas meninas conversavam baixinho, outro garoto roía as unhas e outro batia o pé no ritmo da música que escutava pelo celular.

O professor finalmente entrou na sala e a Ingrid me beliscou, de tão eufórica que ficou. Era o ator Silvio Castanheira, da última minissérie que passou depois das onze da noite. Ela não perdia um só capítulo, pois ele era um vilão charmoso que tentava fazer algo errado com o mocinho, mas era ele quem sempre se dava mal. Como a essa hora eu já estou caindo de sono, não consegui assistir direito, então nem reconheci logo que ele entrou.

Ele conversou com a gente sobre teatro de um modo geral. Da importância do estudo não só para quem realmente quer seguir carreira, mas para pessoas de todas as profissões, já que faria um bem danado a elas. Concordei. Depois ficamos em pé, fizemos uma roda e um por um foi ao centro se apresentar. Tínhamos de dizer nome, idade, o que fazíamos e o porquê de estarmos ali. E, enquanto falávamos, íamos olhando nos olhos de cada pessoa da roda. Sem olhar pra baixo, para a parede ou para o teto. Se o exercício foi difícil para mim, imagina para a Ingrid! Parecia que ela ia morrer de tanta vergonha. Como a sala tinha pouca

O ciúme é uma doença contagiosa?

iluminação, por sorte a maioria não enxergou que ela estava um camarão de tão vermelha. Depois fizemos outros exercícios de relaxamento e postura. Foi bem legal!

    Quando saímos da oficina, fomos encontrar o Lucas no café e ele estava conversando animadamente com uma garota. Animadamente até demais para o meu gosto. Ela ria para ele como se ele fosse a pessoa mais engraçada do planeta. Quem é ela? Nunca vi mais gorda. Realmente, pois era magra. Bem magrinha para os meus atuais padrões de regime forçado. Tinha cabelo comprido, preto, visivelmente pintado, pois era muuuito preto. Ninguém nasce com aquela cor de cabelo. Usava óculos, daqueles de armação pequena, que dão um certo ar de intelectual.

    – Oi, amor! – já cheguei marcando território. Sei lá, bateu uma insegurança.

    – Oi, Mari! Senta aí! Senta aí também, Ingrid. Essa é a Michele, da minha oficina. Ela já fez no ano passado e estava me contando como a oficina ajudou a decidir a entrar na faculdade.

– Foi ótimo, Lucas! – a folgada sorriu, colocando a mão no braço dele, e se esqueceu de tirar.

Olhei para a mesa e vi que ele tinha tomado um chocolate quente e nem tinha nos esperado.

– Nem esperou a gente pra lanchar... – fiz bico.

– Você está de dieta, esqueceu? – ele riu e apertou as minhas bochechas.

Posso matar o meu namorado por ter me chamado de gorda na frente daquela tal de Michele?

– Eu já vou indo, pessoal – ela se levantou e pegou a bolsa. – Agora que tenho você no Facebook – ela sacudiu o celular –, vou te passar links incríveis que você vai adorar.

– Ah, passa sim, vou ficar esperando. Tchau!

– Tchau, Lucas! Até amanhã. Tchau, meninas.

– Viram que garota legal? – ele perguntou todo sorridente assim que ela saiu do café. – Ela está no primeiro semestre da faculdade de cinema. E tem só 17 anos! Deve ser muito inteligente.

– É... Legal e inteligente... – segurei o sarcasmo ao máximo, mas a Ingrid percebeu, pois me deu um chute na canela por debaixo da mesa.

Quando cheguei em casa, dei uma de Susana e fui lá fuxicar o perfil do Lucas. Sim, pois não adianta querer fazer isso do meu celular como ela, ele é lento demais. Tem horas que trava tanto que dá vontade de jogar longe. E não é que ela foi lá e já postou umas coisas para ele? Como eram vídeos de uma entrevista de um cineasta, não liguei muito, mas fiquei com a famosa pulga atrás da orelha.

No dia seguinte, a oficina foi muito boa. Mas o professor deu uma bronquinha de leve na garota das pulseiras.

– Tem uma coisa que eu queria falar para vocês, pessoal. Quando entrarem aqui na sala e eu der início aos exercícios, é como se fosse um palco de teatro de verdade. Venham com camiseta confortável, bermuda ou calça legging, tirem todos os acessórios. Brincos, colares, pulseiras, sapato. A vida de vocês passa a não existir, vocês vão incorporar os personagens e se entregar de corpo e alma ao momento. Sem medos, pudores, sem se preocupar com mais nada.

O ciúme é uma doença contagiosa?

A garota, meio contrariada, tirou todas as pulseiras e bijuterias que estava usando e guardou na bolsa.

O exercício daquele dia era para percebermos que o corpo é nosso instrumento de trabalho e precisamos nos conscientizar de todos os movimentos. Primeiro caminhamos pelo espaço da sala, iniciando num ritmo bem lento, depois mais rápido, com o cuidado de não esbarrar uns nos outros. Era engraçado, pois cada um ia para um lado, feito baratas tontas, mas segurei o riso.

Quando acabou a oficina, fomos encontrar o Lucas no café de novo, e mais uma vez a Michele estava lá, toda faladeira.

– Oi, meninas, tudo bem? – ela se adiantou e nos cumprimentou. – Como está sendo a oficina de vocês?

– Está ótima! – a Ingrid começou. – Eu não quero ser atriz como a Mari, estou aqui mais para me destravar um pouco, sabe?

– Ah, você quer ser atriz, Mari? – ela me perguntou toda simpática, mas não acreditei muito na sinceridade dela. Sabe aquela simpatia forçada, querendo bancar a amiguinha?

– Ela inclusive participou do clipe de um amigo nosso que é cantor. Bombou na internet. Já viu o vídeo da música "Dentro do coração", do Eduardo Souto Maior?

– Sim, claro! – ela bateu palminhas e em seguida, como antes, colocou aquela mão no braço do Lucas e se esqueceu de tirar. – Eu vi o clipe, ficou ótimo! Mari, você vai me perdoar, mas eu não te reconheci. Vou assistir hoje de novo.

– Imagina! Está perdoada. Como alguém vai me reconhecer quando o astro do vídeo é o Eduardo, né?

– Eu dirigi o vídeo e fiz a edição! – o Lucas falou todo orgulhoso.

– Mentira?! – ela perguntou espantada, tirando a mãozinha do braço dele e colocando no ombro dessa vez. – Ficou muito legal, parabéns!

– Obrigado.

– Vamos, Lucas? – falei, já me levantando. – O Caíque já deve estar esperando a gente no shopping.

– Verdade! Até amanhã, Michele!

Combinamos um cineminha logo depois da oficina. Quando chegamos e a Ingrid cumprimentou o namorado, falou toda fofa:

– Gente, esqueci de ir ao banheiro lá no instituto. Vocês esperam a gente aqui? Vamos comigo, Mari?

Eu não estava com vontade de ir ao banheiro, mas resolvi ir junto. A porta mal havia fechado e ela me puxou para um canto.

– Mari, você precisa disfarçar melhor o seu ódio gratuito pela Michele. Daqui a pouco o Lucas vai perceber.

– Ah, o assunto aqui não é xixi. É bronca?

– Bronca, não. Estou só te dando um toque. Já basta uma ciumenta no grupo, agora temos duas?

– Mas, Ingrid, você viu como ela é melosa? E não tira a mão dele. Que coisa mais chata! E isso na minha frente, que sou a namorada dele. Não tem um pingo de vergonha na cara. A oficina dele termina meia hora antes da nossa. Que ele fique nos esperando faz sentido. Mas ela também tem que ficar lá bancando a fofa e fazendo companhia?

– Eu te entendo. Mas se controla, por favor. Você faz uma cara feia de dar medo.

– Faço, é? – forcei o riso.

– Dá até vontade de soltar aquele velho "Não se irrita, Maria Rita". Sério!

– Ai, meu Deus. Tudo bem, valeu pela bronquinha. Como ainda temos mais dias de oficina e ela vai estar lá, vou tentar ser a atriz e representar a namorada simpática.

Tentei esquecer a Michele e curtir o cinema. Depois lanchamos e conversamos um monte de coisas engraçadas. Cheguei em casa até de bom humor, que foi um tanto abalado quando entrei na internet e acessei meu perfil. Acredita que ela tinha me adicionado? E ainda deixou um recadinho: "Mari, agora sim te reconheci! Parabéns, você está ótima no vídeo!"

Quando acessei o perfil do Lucas, vi que ele tinha postado: "Noite incrível!" Fazia uns três minutos que ele tinha postado. E adivinha quem já tinha curtido? Ela.

O ciúme é uma doença contagiosa?

Então vamos parar para pensar uma coisa. Ele posta "Noite incrível!" e ela curte. Eu sei que ele passou a noite comigo, com a Ingrid e com o Caíque. Mas quem não sabe e vê que ela curtiu, pensa o quê? Que a noite incrível foi com ela! Ou estou exagerando?

Fui descendo a tela. Curtiu e comentou várias coisas. Como ela tem opinião para tudo, né? Afe! Conhece há dois dias e parece que é amiga de infância do meu namorado. Exagero ou não, vou ficar de olho nessa garota.

11
A intervenção das MAIS

Na terceira aula, o Silvio fez um exercício de leitura dramatizada. Ele queria ver como a gente lia os textos, se a gente colocava a emoção certa nas palavras. Cada um de nós recebeu um pequeno texto com determinado conflito. Num momento era uma situação alegre, em outro, triste. O Igor, o Colírio Capricho, tinha que colocar toda a sua raiva para fora, pois um amigo tinha traído sua confiança, revelando um segredo. Sua expressão demonstrava uma mistura de raiva e decepção. Foi o melhor de todos. Sensacional!

A Ingrid foi tão fofa que tive de me conter para não apertar a minha amiga. Ela leu um texto sobre uma mãe que havia acabado de dar à luz e narrava emocionada cada momento com o bebê. O cheirinho, as pequenas mãos e os pés, a delicadeza de cada contorno. No fim, como era de esperar, ela acabou com os olhos cheios d'água. E ganhou um parabéns merecido do Silvio e aplausos de todos os demais. Ele disse que ela conseguiu transmitir a emoção nas palavras e que convenceu a plateia de que o bebê era mesmo dela.

Eu recebi o texto de uma filha que queria convencer a mãe a deixá-la chegar tarde em casa por causa de uma festa. O texto não tinha muito esse lado cômico, mas fiz aquelas caras de súplica, beicinho e tudo o mais. O pessoal riu muito. O professor também gostou.

A intervenção das MAIS

Ele interpretou cada texto com a gente. Quanta diferença faz a experiência! Todos nós nos sentimos amadores, mas ele nos deu a maior força e falou que com a prática melhoraríamos bastante.

Uma coisa muito legal a respeito da qual ele nos orientou é que muitas vezes vamos interpretar papéis que não têm nada a ver com o que a gente já viveu. Que, para um ator passar uma verdade para o público, precisa sentir mesmo aquilo. Que a pesquisa é muito importante para compor a personalidade de um personagem. Por exemplo, eu não sei como se sente alguém que bebe. Eu não bebo e nem curto bebidas alcoólicas. Detesto gente bêbada perto de mim! Mas e se um dia eu tiver que interpretar uma alcoólatra? Vou ter que passar a me embebedar para saber como é? Claro que não. Para isso existe a pesquisa. Assim, seremos capazes de passar a verdade que o papel exige. Essa foi uma das melhores partes da oficina!

Quando saímos, nos deparamos com mais uma ceninha da Michele com o Lucas. Ela estava mexendo no celular dele! Ele não me deixa nem chegar perto do celular, pois diz que sou desastrada, que vou derrubar ou desconfigurar alguma coisa. A Ingrid segurou minha mão e me olhou séria. Como um lembrete da conversa no banheiro do shopping.

– A Michele comprou um celular do mesmo modelo e não sabe usar direito. Eu estava aqui explicando pra ela.

– Que prático você ter justamente o mesmo modelo, não é, Michele? – sorri, querendo na verdade pegá-la pelo pescoço. – Vamos? Estou com dor de cabeça.

Não consegui nem entrar no clima para namorar depois. Minha raiva estava acima do normal. Fui para casa com o coração acelerado. Nem foi preciso fingir a dor de cabeça, pois eu realmente fiquei com uma cara péssima.

Tomei um banho e saí da dieta. Comi uma porção generosa de batata frita com ketchup. Meu pai bem que tentou me impedir, mas ele viu que eu não estava para brincadeira e ia comer aquela batata de qualquer jeito. E, claro, não resisti e fui fuxicar o perfil do Lucas. Seguindo a rotina dos últimos dias, ela tinha curtido e comentado tudo o que ele havia postado e ainda deixou o seguinte recadinho: "Hoje a tarde foi maravilhosa na sua companhia. E com direito a chocolate quente! Amanhã tem mais!"

Nem consegui dormir direito. Mil filmes horríveis passavam pela minha cabeça. Não sei que horas consegui finalmente pegar no sono. E quando acordei, bem atrasada, olheiras gigantes estavam estampadas na minha cara.

Mandei um SMS para a Ingrid e outro para o Lucas dizendo para eles não me esperarem para irmos juntos ao instituto, que eu iria me atrasar. Encontrei chá de camomila no armário e, apesar de não gostar, acabei preparando um. Depois que tomei, me senti melhor.

Não vi quando o Lucas chegou e, ao entrar na sala, a Ingrid já estava ali. Como o pessoal tinha curtido muito o exercício da leitura, o Silvio resolveu repetir. Claro que o meu desempenho foi péssimo, comparado ao do dia anterior. Pedi desculpas ao professor, dizendo que tinha passado mal à noite e ele me disse para não me preocupar.

Quando saímos da oficina, era mais do que óbvio que eu ia encontrar o Lucas e a Michele juntos no café. Só que a ceninha dessa vez foi superior a qualquer delírio meu. Ela estava gargalhando, jogando aqueles cabelos para cima dele e com a mão no peito do meu namorado! Aí não me aguentei.

– Posso saber o que é tão engraçado para eu rir também?

– Seu namorado é uma figura, sabia? Ele me contou uma coisa hilária.

– Posso te perguntar uma coisa, Michele? – Percebi que meu tom de voz havia se alterado e falei quase que entre os dentes. – Se você não colocar a mão nas pessoas sua voz não sai? Você fala com a mão? Nasceu com as cordas vocais no lugar dos dedos? Toda vez que chego aqui, você está com essa sua mão enorme no meu namorado!

Ela me olhou espantada e imediatamente tirou a mão dele. O Lucas também ficou pasmo, pois nunca tive uma reação dessas. A Ingrid, coitadinha, não teve nem como me segurar.

– O que é isso, Mari? Isso é jeito de falar com a Michele? A gente estava só conversando.

– Sei... Conversando... – Desviei o olhar dele e virei para ela novamente. – Olha aqui, garota, conheço bem seu tipinho, tá me entendendo? Banca a amiga, a fofa, a simpática, só pra ganhar território. Comigo isso não cola, tá legal? Eu não acredito em tanta simpatia assim não. Passou a morar no perfil do Lucas agora? Curte tudo que ele posta, é a rainha da opinião e ainda deixa recadinhos de duplo sentido?

– O que é isso? Você tá tendo um ataque de ciúmes por nada! – Ela estava visivelmente perturbada. – Eu só estava querendo fazer amizade.

– Tenho um monte de amigos e não fico passando a mão neles nem curtindo tudo que postam. Chega, cansei desse seu jeitinho, ouviu bem?

– Mari! – o Lucas me puxou pelo braço. – Você está passando dos limites, tá todo mundo olhando. Que escândalo!

– Quem está passando dos limites aqui é essa garota! – dei um cutucão no ombro dela.

– Já chega, Mari! – a Ingrid se meteu entre nós duas. – Essa discussão não vai levar a lugar nenhum.

– Eu vou embora! – a Michele pegou a bolsa e fez cara de ofendida. – Nunca passei por uma situação tão humilhante na minha vida! Vai se tratar, sua louca!

– Vai se tratar você, sua oferecida! Invejosa, não consegue namorado e vem querer roubar o das outras? Já vai tarde!

Ela saiu chispando do café. O Lucas me olhava transtornado. Meu coração batia tão acelerado que parecia que ia sair pela boca. Nunca senti tanto ódio na vida! Perdi o controle.

— Mari, sinceramente, não sei nem o que falar. Vou pra casa colocar a cabeça no lugar e acho que você devia fazer o mesmo. Estou com a cabeça muito quente agora, não quero falar com você.

Não acreditei quando o vi sair do café e me deixar sozinha com a Ingrid. Fui para o banheiro do instituto e comecei a chorar de nervoso.

— Mari, você não tem condições de voltar pra casa assim. Vamos para a minha.

Não tive forças para discordar. Quando chegamos, deitei na cama dela e agarrei uma das almofadas. A Ingrid estava com uma fisionomia muito triste. Pegou o telefone e ligou para a Aninha e para a Susana, para convocar uma sessão extraordinária das MAIS.

Quando as meninas chegaram, ficamos no quarto e a Ingrid trancou a porta, deixando a pobrezinha da Jéssica contrariada. A irmãzinha dela é uma fofa, com apenas 7 anos dá um banho na gente em maturidade. Prometemos que depois da nossa reunião faríamos um grande campeonato de videogame com ela.

Como eu não tinha forças para falar, pois gastara todas elas chorando, a Ingrid contou o que tinha acontecido desde o início. As oficinas, a Michele, os recados na internet, o grande gorila que paguei tirando satisfações com ela e, por fim, o Lucas indo embora sem querer falar comigo.

— Nossa, gente, que confusão! – a Aninha passou a mão nos cabelos. – Sei que é uma pergunta idiota, mas vou fazer assim mesmo. Mari, como você está se sentindo?

— Estou me sentindo exatamente assim. Uma perfeita idiota! Eu sei que sou atrapalhada, tropeço, pago micos. Isso já é mais do que normal e aceitável. Mas esse foi o maior King Kong que já paguei. Fiquei cega de ciúmes e não medi as consequências do que estava fazendo. Logo eu, que aconselhei tanto a Susana a não se estressar com as fãs do Eduardo, acabei agindo pior.

— Bom, eu entendo como você se sente, mas o mal já está feito. Não adianta ficar se torturando agora. Vamos tentar encontrar uma solução juntas, como sempre fizemos – a Ingrid me abraçou.

– Essa coisa de redes sociais é um veneno! Por causa disso, a Mari e eu ficamos mal, vendo coisas chatas e arrumando problemas – a Susana chiou.

– Desculpa, amiga, mas eu discordo – foi a vez da Aninha. – As redes sociais não são as culpadas. O objetivo é reunir pessoas, promover a integração. Coisas legais acontecem! Você pode entrar em contato com amigos ou parentes que moram longe, compartilhar fotos de eventos, acompanhar páginas de assuntos que curte, ler notícias, participar de concursos e sorteios... O modo como as pessoas usam é que gera o problema. Não vamos culpar a internet, isso é uma viagem na maionese sem tamanho! Os problemas que você e a Mari estão enfrentando por causa do ciúme já foi mostrado pela literatura há séculos, e a internet foi criada há pouco tempo. Não tem, por exemplo, o caso do *Otelo*, de William Shakespeare, que foi escrito por volta de 1600? E trezentos anos depois veio *Dom Casmurro*, de Machado de Assis. Otelo e Bentinho foram motivados pelo ciúme, e o fim dessas histórias não foi nada legal.

– É verdade, Aninha – a Ingrid concordou, se sentando no meio da roda. – O ciúme faz a gente enxergar tudo de forma completamente errada. Eu sei que é complicado, na teoria é muito mais fácil que na prática, mas é preciso se controlar. Não estou te condenando, Mari, mas você devia ter falado com o Lucas assim que percebeu o jeito da Michele. Vocês vão completar um ano de namoro e nunca vi vocês brigarem. Acho que já têm intimidade suficiente para que você dissesse que não estava gostando daquilo. Mas, infelizmente, você partiu pra cima dela e fez o maior barraco. Se ela estava dando em cima dele de verdade, você é que acabou ficando mal na história.

– Putz! O Lucas tá viciado nos filmes da série *De volta para o futuro*, mas bem que eu queria pegar aquele DeLorean do dr. Brown e voltar algumas horas. Como me arrependo de ter feito aquilo...

– E você, Susana? Como está lidando com o assédio louco que o Edu anda recebendo por causa do vídeo? – a Aninha perguntou.

– Vou confessar uma coisa pra vocês... – ela suspirou profundamente antes de continuar a falar. – Estou indo numa psicóloga. E estou adorando! Foram três consultas até agora, por causa da urgência, mas depois vou passar a ir uma vez por semana. Foi a melhor decisão que tomei, com a ajuda dos meus pais e principalmente da minha avó. Eu sei muito bem lidar com essa questão de agenda apertada, treinos, horas e horas jogando, provas do colégio. Mas tudo isso mexeu muito com os meus sentimentos e estava afetando meu desempenho no time. Antes que ficasse tudo mais complicado, ainda mais com o fim das férias se aproximando, comecei logo as sessões.

– Acho essa solução ótima, Susana! – a Ingrid sorriu, satisfeita. – Mas você decidiu isso por causa do ciúme do Eduardo?

– Sim e não ao mesmo tempo. Sou muito nova, né? Ainda vou fazer 15 anos. Aliás, somos todas muito novas. Pensem comigo. Antes eu era a melhor jogadora do colégio. Agora faço parte de um time que vai jogar fora desse ambiente e eu vou ser mais cobrada ainda. Se o time vencer, se eu fizer muitos pontos, todo mundo vai elogiar. Mas e se perder? As pessoas que ontem aplaudiram podem ser as mesmas que hoje vão vaiar. Eu preciso aprender a lidar mais com todas essas coisas, sabem? Estar forte para todas as situações, tanto as boas como as ruins. Em relação ao Edu, eu simplesmente não posso pedir que ele deixe de ser cantor porque o assédio das fãs me deixa insegura. Preciso aprender a conviver com isso sem me abater tanto. Se as garotas escolherem me xingar nas redes sociais, essa é uma escolha totalmente delas! Só mostra a covardia de falar mal de uma pessoa que nem sequer conhecem. Agora cabe a mim aceitar isso ou não. Se isso não está me fazendo bem, preciso parar de fuxicar tanto as coisas. Aliás, tudo aquilo que não nos faz bem devemos esquecer, nos afastar. Eu gosto do Eduardo, ele gosta de mim. Pronto, isso basta.

– Uau! – segurei a mão da Susana. – Adorei tudo que você disse. Você está certa e que bom que teve a chance de ter ajuda.

– Procurar ajuda nem sempre é fácil – a Aninha falou, olhando para um ponto fixo, como se buscasse coisas na cabeça dela. – A Susana foi corajosa e pediu ajuda aos pais. Quantas vezes a gente não sofre em silêncio? Com medo ou vergonha de falar o que estamos sentindo, de acharem que tudo é uma grande bobagem? Acho impressionante como tem gente que acha que terapia é coisa pra gente doida. É muita falta de informação, ignorância mesmo! Para cada tipo de problema, existe um tipo de profissional para ajudar.

– Parabéns, Susana! – eu a abracei bem forte. – Tudo que você falou serviu para mim também.

– E agora, Mari? O que pensa em fazer em relação ao Lucas? – a Susana quis saber.

– Eu já tentei falar com ele, mas ele não atende o celular. Não quero ligar na casa dele e ouvir uma desculpa da mãe. Acho melhor esperar até amanhã. Será o último dia de oficina. Teremos que nos encontrar de qualquer jeito. Vou ter que pedir desculpas pela ceninha patética, mas não sei como fazer isso.

– A sinceridade é a melhor tática – foi a vez da Ingrid. – Fale a verdade. Diga que se sentiu insegura e que não mediu as consequências das coisas que disse. Que se arrependeu e espera que ele te perdoe por isso.

– Obrigada pela força, meninas! – juntei todas num abraço coletivo. – Que bom que eu tenho as amigas MAIS legais do mundo!

12
E as férias chegaram ao fim

Apesar dos conselhos da Susana, de não fuxicar o perfil do Lucas na internet, não aguentei de curiosidade. A Michele desapareceu do mural dele. E o Lucas não havia postado nada.

No dia seguinte, por volta das dez horas, quando geralmente o Lucas já está acordado, liguei mais uma vez para o celular dele e só dava caixa postal. Então tomei uma decisão difícil, mas não tinha mais como adiar. Tomei um banho, me arrumei e fui até a casa dele.

Eu estava completamente sem graça. Logo eu, que já estava acostumada a andar por aquela casa, parecia que era a primeira vez que entrava ali. Quando entrei no quarto e ele fechou a porta para conversarmos, minhas mãos estavam geladas.

Lembrei de toda a conversa que tive com as MAIS. Expliquei tudo, abri meu coração. Falei do ciúme, da insegurança e pedi desculpas. Ele me ouviu com atenção, sem me interromper. Não parecia estar com raiva de mim, mas é claro que estava chateado. Quando me calei, ele ficou me olhando por um minuto. Os sessenta segundos mais longos da minha vida!

– Mari, você devia ter dito o que estava sentindo logo no início. Por que não confiou em mim?

– Não foi questão de confiar ou não, Lucas. Aquela garota me tirou do sério.

– E você achou que eu ia te trair assim, bem na sua cara?

– Eu não achei que você ia me trair, não consegui enxergar isso. Só enxergava aquela oferecida com aquela mão gigante e cheia de dedos.

– Eu também preciso te pedir desculpas.

– Você?

– É, eu não devia ter te deixado sozinha ontem. Eu fiquei meio sem saber o que fazer e estava com vergonha daquela cena. E eu não sou burro. Eu percebi que ela era daquele jeito e não coloquei um freio. Ela conhece muito de cinema e, como eu queria muito saber de tudo, acabei me envolvendo demais e da maneira errada.

– Então eu estou desculpada?

– Claro que está. E eu? Também estou desculpado? – ele perguntou em meio àquele sorriso lindo que eu adoro.

– Claro que está!

Ele me abraçou forte e a gente se beijou. Meu coração ficou tão aliviado! E prometemos que daqui pra frente, se acontecer alguma coisa, por mais simples e boba que seja, vamos conversar para evitar micos desnecessários como o da cafeteria. Foram momentos tensos! Deus me livre passar por tudo aquilo de novo.

Liguei para casa e avisei meu pai que iria almoçar por lá e que depois íamos para o instituto. A mãe dele, sabendo da minha dieta, fez um franguinho grelhado com salada. E não é que estava uma delícia? Ela preparou um molho com mostarda que ficou divino. Como eu gostei muito, ela anotou a receita do molho para que eu preparasse em casa depois.

A gente foi até a casa da Ingrid para buscá-la para a oficina. Ela deu pulinhos de felicidade quando viu que a gente tinha se entendido.

A última oficina teve uma cena improvisada em dupla. Para não perder a piada, já que a história era recente, a gente representou o barraco da cafeteria. Só que a Ingrid ia fazer o meu papel e eu o da Michele. Quando ela falou "Nasceu com as cordas vocais no lugar dos dedos?", eu não aguentei e caí na risada. Como interrompi a cena, o Silvio deu uma bronquinha.

– Meninas, estou adorando a cena, mas isso não pode acontecer. Sei que estamos aqui para descontrair, mas essas interrupções podem prejudicar vocês quando for uma cena de verdade, para uma novela, por exemplo.

– Ai, professor, desculpa – retomei a postura e segurei o riso.

A Ingrid, tão baixinha e fofa como sempre, me imitando completamente irritada, com todos os meus trejeitos, foi a coisa mais engraçada que já vi.

– Tudo bem, Mari – ele riu. – Mas vou aproveitar a situação para alertar você e os demais. Eu sei que a Ingrid não quer seguir carreira, mas você quer. Quando a gente assiste aos erros de gravação e os atores dão risadas e têm de repetir a cena várias vezes, pode ser engraçado para quem vê, mas pode não ser para quem está dirigindo a cena. As coisas têm um tempo bem cronometrado. Quando a gente assiste a uma novela, só vemos os atores e parte do cenário. Só que atrás das câmeras ficam o diretor, o assistente, os operadores de câmeras, o pessoal da iluminação, figurino, maquiadores. Muitas pessoas envolvidas e muitas cenas a ser gravadas. Quando um ator consagrado erra e acaba rindo no meio da cena, o pessoal vai rir, claro. Se você está atuando num papel secundário ou de apoio e fica interrompendo a gravação por causa de risadas ou falta de concentração, pode apostar que dificilmente chamarão você de novo.

– Obrigada pela dica, Silvio. Não tinha pensado nisso, você está certo. Podemos fazer tudo de novo?

– Claro!

A Ingrid e eu respiramos fundo e começamos novamente. Quando terminamos a cena e o Silvio disse que tinha ficado perfeita, aí é que me toquei ainda mais como minha ceninha de ciúmes tinha sido patética. Que horror! Ver a Ingrid me imitando me deu a maior vergonha, mas decidi que não queria mais pensar naquilo. Essa cena pelo menos serviu para um duplo aprendizado. Na vida real e na oficina.

E as férias chegaram ao fim

As aulas no CEM começariam na segunda semana de fevereiro, então ainda tínhamos uma semana de férias. Aproveitamos para curtir a praia, passear no shopping, ir ao cinema, ver filminhos em casa e namorar, claro!

Como a dra. Catarina sugeriu, passei a me exercitar mais. Minha mãe tinha comprado uma bicicleta ergométrica muito tempo atrás e ela estava esquecida no quartinho dos fundos, então decidi que passaria a assistir à novela pedalando. Eu adoro andar de bicicleta, mas é a coisa mais sem graça do mundo ficar pedalando sem chegar a lugar nenhum. Além de ficar toda suada, o bumbum fica meio dolorido por causa daquele assento terrível. Mas tudo pela boa forma!

Os primeiros dias foram os mais complicados. Eu pedalava uns dez minutos e já queria empurrar a bicicleta pra lá. Resolvi me esforçar um pouco mais. Então passei para quinze minutos, depois para vinte e, no fim das três semanas de dieta, já conseguia pedalar trinta minutos direto. Sei que para muita gente isso não parece muita coisa, mas pra mim foi uma vitória e tanto!

Com a comida foi a mesma coisa. Eu queira matar o meu pai toda vez que ele aparecia com aquela salada. Coitadinho, ele não tem culpa... O mais incrível foi que não achei tão ruim tomar a sopa. Difícil mesmo foi diminuir os doces e cortar a pizza. Nossa, isso doeu na alma! Mas, apesar de toda a dificuldade, percebi que comecei a me sentir mais disposta. Antes eu me cansava por qualquer coisa. A prova final vai ser subir de novo o morro do Leme!

A última semana também foi dedicada a ver o que estava faltando no material escolar e me consultar para ver se a dieta estava dando resultados. De novo, o Alex me acompanhou, bancando o irmão exemplar.

– Você perdeu dois quilos e meio em três semanas, Mari. Parabéns! – ela realmente estava feliz quando eu desci da balança.

– Mas ainda falta, né? – chiei.

– Sim, falta metade ainda, mas considero um grande avanço. Ainda mais pelo fato de você ser tão avessa a saladas, frutas e legumes. Como estão as coisas?

– Difíceis! Mas bem menos que no início.

– Eu estou ajudando minha irmã, doutora – o intrometido do meu irmão tinha que se meter. *Ajudando em quê, hein, Pinóquio?*

– Nossa, Alex, que coisa boa! Com a ajuda da família, tudo fica mais fácil.

– Sabia que com a dieta da Mari eu passei a me interessar mais por esse assunto de comidas saudáveis?

– Quando alguém da família se preocupa com a alimentação, acaba contaminando positivamente os familiares. Meu marido, por exemplo, não comia nada de salada e agora reclama quando não tem.

A minha vontade era de explodir numa risada louca e histérica! A cara de decepção que o Alex fez quando ela falou a palavra "marido" foi hilária. E ele estava mentindo descaradamente sobre "se interessar mais por esse assunto de comidas saudáveis". Ele come um pacote de biscoito recheado por dia! Só não engorda porque fica horas na academia. E ainda levou um tremendo balde de água fria, pois a dra. Catarina é casada. O sonho de conquista dele foi por água abaixo.

Quando saímos do consultório, ele nem se deu ao trabalho de disfarçar.

– Olha, Mari, você já está bem grandinha. Daqui pra frente você vai vir ao consultório sozinha. Vou estar muito ocupado com a faculdade e não vou ter mais tempo.

– Sei, Alex, sei.

Domingo à noite, véspera de volta às aulas. Mochila arrumada, tênis limpo, uniforme impecável. Já estava com saudade das cores vermelha e branca da camiseta do CEM. Claro que nem dormi direito de ansiedade. Ensino médio! Uau!

Às 7h15 em ponto encontrei as meninas na porta do colégio. Aquela avalanche de gente, caras conhecidas, outras nem tanto. Ônibus e vans escolares estacionando freneticamente. Abraços de reencontro dos alunos, beijos de despedida nos pais. Os portões se abriram e a gente se olhou antes de entrar. Essa seria uma nova fase da nossa vida. Sorrimos e, pela primeira vez naquele ano, colocamos os pés no nosso velho companheiro Centro Educacional Machado!

E as férias chegaram ao fim

13
Ensino médio, aqui vamos nós!

A gente já sabia que seria diferente. Mas não imaginávamos que fosse tanto! O CEM promoveu várias mudanças. O antigo prédio da administração foi reformado e todo o ensino médio foi para lá. Isso quer dizer que a gente não teria mais contato com o ensino fundamental e nosso intervalo seria diferente. A Susana não gostou nada disso.

– Quer dizer que só vou encontrar o Edu na hora da saída? Não acredito!

– Pois é, amiga – entrei no lamento junto com ela. – Como o Edu foi para o nono ano, vai ser assim daqui pra frente. Mas vamos pensar pelo lado positivo. Agora você vai prestar mais atenção nas aulas. Vocês vão estar em prédios diferentes e ter intervalos diferentes. Agora seu foco será todo nas aulas, e você vai gastar menos tempo estudando em casa.

– Muito fácil falar quando o namorado de vocês está na mesma turma! – ela fez bico. – É agora que o fã-clube dele vai enlouquecer de vez.

– Opa, opa! O que é isso? – a Ingrid chamou a atenção da nossa amiga. – Cadê aquela garota que tinha deixado de ser ciumenta? Não vamos colocar tudo a perder, hein?

– Você está certa, Ingrid. Mas que dá raiva, ah, isso dá!

– Gente! Descobri uma coisa maravilhosa! – a Aninha veio correndo do segundo andar, descendo a escada de dois em dois degraus. A apressadinha já quis logo procurar onde ficava a biblioteca do prédio novo.

– Ai, deixa eu tentar adivinhar... – eu não podia perder a piada. – Agora vai ter grêmio estudantil no ensino médio e você vai concorrer de novo?

– Muuuuuito melhor do que isso! – ela rodopiou, jogando aqueles cabelos loiros na nossa cara. – Agora o CEM vai ter um jornal! Não é o máximo? A Eulália, que agora é do ensino médio, deu a sugestão para a direção e eles adoraram.

– Peraí, deixa eu ver se entendi bem – interrompi. – A Eulália vai ser nossa coordenadora de novo? Quando eu pensei que a gente tinha se livrado dela? Ai, nãããoo!

– Ah, Mari, larga de ser implicante, vai – disse a Ingrid em defesa da coordenadora. – Ela é legal. Mas e aí, Aninha? Como vai ser esse negócio de jornal?

– Ainda não sei os detalhes, mas vai ter a versão impressa e online também. E deve ter todas aquelas funções: editor-chefe, repórter, fotógrafo, diagramador, essas coisas. Eu quero participar, é claro!

– Ah, pronto! – a Susana implicou, como adora fazer com ela. – Ana Paula Nogueira Fontes, editora-chefe do jornal do CEM. Ninguém mais vai aguentar essa loira!

Outra mudança do CEM: o terceiro ano do ensino médio não precisa usar uniforme.

– Já viram o desfile de moda que as garotas do terceiro ano vão promover agora, né? – a Susana riu. – Vai ser o festival de quem anda mais arrumada aqui. Sinceramente, não gostei disso. Ainda bem que falta tempo pra chegarmos lá.

– Realmente, ter que vir com uma roupa diferente a cada dia é um problema – a Ingrid concordou. – Mas repararam nos garotos? Eles ficaram mais bonitos, parecem mais velhos, mais com jeito de homens, sei lá.

– O que é isso? – debochei. – Você tá muito saidinha, hein, dona Ingrid? Vou contar tudo para o Caíque. Hahahaha!

– Gente, tenho namorado, mas não sou cega.

– E tem mais! – a Aninha fez cara de fofoca. – Muitos já fizeram 18 anos e passaram a vir para o colégio de carro.

– Hummm! Agora entendi tudo – comecei a rir. – O terceiro ano vai ser a diversão das garotas do primeiro e do segundo ano. Coitados dos garotos mais novos e que vêm para o colégio de bicicleta! Serão esnobados.

– Eu não vou esnobar o meu Guiga – a Aninha defendeu o namorado.

– E eu muito menos o Caíque – foi a vez da Ingrid.

– Susana – comecei a botar lenha na fogueira –, já que o Edu não vai estar por aqui, nada impede que você dê uma olhadinha nos garotos do terceiro ano pra se distrair, né? Eu te faço companhia.

– Olha só a Mari querendo fazer bobagem – a Susana me deu um peteleco. – Vamos parar de conversinha fiada e ir logo para nossa nova sala?

As salas eram mais modernas que antes. Como o prédio do CEM é antigo, as salas do ensino fundamental estavam como na inauguração, em 1960, mas com alguma modernidade, é claro. Esse prédio que foi reformado é mais arejado. Todas as salas têm recursos multimídia e as carteiras maiores.

Para que pudéssemos prestar mais atenção às aulas, combinamos com o Lucas, o Guiga e o Caíque que eles sentariam no fundão e a gente na parte do meio. Melhor acordo que poderíamos ter feito! Até porque, do jeito que anda aquela minha tabela de horários gigante, gastaria menos tempo estudando para os trabalhos e as provas. Namorar é ótimo. Mas ter o namorado na mesma classe tira a nossa concentração completamente.

Aproveitei que o professor não tinha chegado para dar uma olhada geral nos alunos. Quanta gente nova! E muita gente saiu também. Uma ausência específica gerou uma alegria gigantesca na Aninha.

– É muita felicidade para um dia só. Além de agora termos jornal no CEM, a Amanda saiu! Vou poder respirar e andar tranquilamente pelos corredores sem esperar uma punhalada pelas costas.

– Olha! – apontei espantada. – O professor de filosofia entrou.

Vamos recapitular. Segunda-feira, primeira aula. Às segundas temos aulas o dia inteiro. E temos logo de cara *duas* aulas seguidas de filosofia. Se essa grade de horários tem o dedo da Eulália, vou parar de implicar com a coordenadora! Isso que é estímulo para vir para o CEM em plena segundona!

O professor parecia ter saído de um filme romântico, desses que a Ingrid ama assistir. Ele é muito jovem, sei lá, uns 25 anos no máximo. Deve ter acabado de se formar na faculdade, não é possível! Moreno, cabelos castanhos meio ondulados, alto e magro, mas com o corpo bem definido. Ele estava usando óculos de armação preta, e na mesma hora eu o vi como o Clark Kent. E, no meio da aula, a gente escutaria um grito vindo do lado de fora do CEM e ele pediria um milhão de desculpas, pois tinha de atender ao chamado. Tiraria os óculos, jogaria em cima da mesa e sairia correndo, arrebentando os botões da camisa para dar lugar à roupa de super-homem.

Ele não era exatamente bonito, mas extremamente charmoso. E, pelo silêncio que se instaurou na sala e pela baba escorrendo pelo queixo das garotas, todas tinham os mesmos pensamentos que eu.

– Bom dia, pessoal! – ele, todo simpático, cumprimentou a turma. – Sou César Castro e serei o professor de filosofia de vocês. É uma alegria em dobro estar aqui hoje, pois sou ex-aluno do CEM e já fui presidente do grêmio estudantil.

Eu, a Ingrid e a Susana olhamos para a Aninha na mesma hora. E ela, querendo rir, falou baixinho:

– Sosseguem, garotas! Eu não sabia de nada!

E ele começou a falar sobre a matéria, com vários olhinhos femininos vidrados nele.

– Para quem não sabe, a palavra "filosofia" tem origem grega e deriva da junção de outras duas: *philo* e *sophia*. *Philo* vem de *philia*, que significa amor, amizade, respeito entre os iguais. *Sophia*, por sua vez, quer dizer sabedoria. Então, podemos entender filosofia como amor pela sabedoria.

– Meninas – cochichei –, pela definição, o que vai ter de garotas com amor platônico pela sabedoria...

– Shhhh, Mari! Estou prestando atenção – a Susana chiou.

– Humm... Até quinze minutos atrás tava toda estressadinha porque o namorado tinha ficado no outro prédio. Já arrumou uma distração – tive que zoar.

Passadas as duas aulas, ele foi embora. Para a tristeza das alunas, que ficaram suspirando. Nunca filósofos como Aristóteles, Platão e Sócrates foram tão atraentes como objetos de estudos. Enquanto o próximo professor não entrava na sala, os meninos vieram falar com a gente.

– Senhoritas! – o Guiga fez cara de bravo para depois cair na risada. – Vocês esqueceram que estávamos ali atrás? Vimos toda a *babação* pelo professor de filosofia.

– Pois é! – o Lucas fez cara de ofendido. – Isso é uma tremenda falta de respeito.

– E sem contar que se trata de um mau gosto danado! – foi a vez do Caíque. – O que vocês viram nele?

– O que nós vimos nele? – debochei, imitando o jeito de falar do Caíque. – O que a torcida do Flamengo toda viu. Que ele é muito charmoso. Mas não fiquem com ciúmes, meninos! Trata-se apenas de mais um amor platônico para nós, garotas, colecionarmos.

– Não consigo entender isso! – o Guiga riu. – Vocês, meninas, são loucas. Gostam sempre do impossível.

– O professor de física chegou, amor! – a Aninha mandou um beijinho no ar para o Guiga. – Larguem de ter ciúme do pobre professor, nós amamos vocês.

Eles riram e voltaram para os lugares.

Aquele dia foi puxado. Ficar o dia inteiro no CEM foi complicado. E não é que aconteceu o que eu tinha previsto, que ficaria hipnotizada pela televisão quando chegasse em casa? O cansaço era tamanho que eu olhava para a tevê, mas nem sabia direito o que estava passando. Quando resolvi ir para a cama, nem me lembro do momento em que fechei os olhos e dormi profundamente.

* * *

Terça-feira! Meu primeiro dia do curso de teatro! Nossa, como estou empolgada. A manhã passou voando e logo já estávamos nos portões do CEM para voltarmos para casa. Mas, como no dia anterior a gente não tinha visto o Edu na hora da saída, foi a primeira vez que demos de cara com o novo acontecimento.

O namorado da Susana estava dando autógrafos e tirando fotos com as fãs! Detalhe importante: não eram alunas do CEM, elas usavam uniforme de outros colégios. Sim, pois quem era da turma dele tratou de espalhar pelas redes sociais que ele estudava ali e rapidamente o horário de saída do colégio virou o mais novo *point* das fãs dele. Vou te contar, viu? Não deve ser nada fácil estar na pele da Susana!

Para nosso espanto, ela se comportou maravilhosamente bem. Por dentro, até poderia estar insegura com tanto assédio ao namorado dela. Mas trazia um tremendo sorriso estampado no rosto e até ajudou algumas delas com as fotos. Fiquei de queixo caído com a cena! A tia Elvira, dona de todos os bordões e ditados que conheço, se estivesse ali certamente diria: "Se não pode com os inimigos, junte-se a eles!"

14

A semana das surpresas (e micos coloridos)

O curso de teatro fica em Laranjeiras, então precisei pegar ônibus. Eu quase não ando de ônibus, por isso sou meio enrolada com esse assunto. Tudo bem, eu aceito o deboche, podem me zoar. Não conheço direito os números dos ônibus que devo pegar, dou sinal quase na hora de descer, aí o motorista acaba passando o ponto, essas coisas. Eu moro em Botafogo e faço tudo por lá, ou seja, a pé. Ou pego uma caroninha básica.

Primeiro mico da tarde. Sim, da tarde, pois pela manhã consegui derrubar todas as minhas canetas e tudo o mais que estava no estojo no meio da aula de geografia. O problema não foi derrubar tudo no chão, mas o barulho que fez e ter de ficar agachada recolhendo tudo. E ainda acabei pagando calcinha, pois, como continuo de dieta e fora da minha melhor forma, a blusa do colégio subiu e metade da turma viu a cor dela. Vermelha. Um mais engraçadinho não perdeu a piada: "Humm, vermelho é a cor da paixão".

Mas voltando ao primeiro mico da tarde. Eu tenho verdadeiro pavor de gente que só depois que sobe no ônibus é que vai abrir a bolsa para ver se tem o dinheiro da passagem. Por que diabos não deixam o dinheiro separado? Assim pagam de uma vez e pronto. Então, juntei todas as

A semana das surpresas (e micos coloridos)

minhas moedinhas e coloquei no bolso da frente da bermuda. Ah, sim, esqueci de falar. Ela também não cabia mais e já está entrando! Uhuuu!

Como nem todo mundo pensa como eu, fiquei presa entre a porta e a escada, esperando duas pessoas pagarem a passagem. O motorista já havia parado no ponto seguinte quando finalmente consegui pagar. Procurei um lugar perto da porta de saída. Eu sempre procuro me sentar por ali, pois eu me distraio e, quando me dou conta, fico enlouquecida atropelando os outros passageiros para poder sair.

Escolhi um assento que dava para o corredor, ao lado de uma velhinha sentada à janela. Como a janela estava aberta e ventava muito, peguei uma fivela na bolsa e prendi os cabelos, senão chegaria toda descabelada no primeiro dia de curso. Coloquei os fones no ouvido, pois seriam no mínimo vinte minutos para chegar a Laranjeiras, ainda mais com aquele trânsito todo. Estava distraída ouvindo a música nova da Lady Gaga quando senti uma pressão no ombro. Quando olhei, a pobre velhinha havia cochilado e estava confortavelmente usando meu ombro como travesseiro.

A cena foi muito engraçada, pois quem estava em pé olhou para mim e riu. Também comecei a rir e a cutuquei para que acordasse. E quem disse que ela acordou? Resmungou e falou:

– Letícia, não me amole, a comida tá no fogão.

Foi aí que o povo riu pra valer! Pois ela ainda agarrou meu braço. Mais uma tentativa. Nada. E as risadas aumentavam. Até que o motorista deu uma freada brusca e todo mundo teve de se segurar para não cair. Então, finalmente, ela acordou com o susto. Olhou para um lado, para o outro e nem percebeu que havia dormido praticamente em cima de mim. Todo mundo ria, e ela fez cara de quem não estava entendendo nada. Levantei para descer e os engraçadinhos falaram:

– Tchaaaau, Letícia!

Ela olhou para mim espantada e sorriu.

– Sabia que a minha neta também se chama Letícia?

A risada foi geral. Gargalhadas, na verdade. E ela continuou sem entender. Desci e olhei para o ônibus, e um folgado, que estava no banco de trás, mandou um tchauzinho pela janela e gritou:

– Até amanhã, Letícia!

Eu mereço!

Cheguei ao curso quando ainda faltavam dez minutos para o início da aula. Fui ao banheiro, tirei a fivela e penteei os cabelos. Quando saí dali, dei de cara com quem? Com o Igor, o Colírio Capricho, que fez a oficina comigo no Instituto de Cinema e Artes.

– Ah, você por aqui? – ele ficou contente em me ver. – Não me diga que está matriculada no curso de iniciantes.

– Isso mesmo. Vamos ser colegas de turma?

– Legal, vai ser divertido. Que bom encontrar alguém conhecido.

A turma tinha dez alunos, todos adolescentes. Apenas três garotos. Achei engraçado. Na oficina também tinha mais garotas. Já vi que eles serão bem disputados para as cenas românticas. Ops! Cenas românticas? É verdade, teremos que fazer isso em algum momento. Ai, ai, ai...

Como a oficina me ajudou! Todos os toques que o Silvio Castanheira deu pra gente serviram para não me deixar pagar mico na primeira aula. Ali até poderia ser um curso para iniciantes, mas eu reconheci uma garota como sendo a filha do rei da novela que passa depois das dez da noite. Ela consegue ser mais baixinha que a Ingrid. Ela ia adorar ver isso!

Dessa vez tínhamos uma professora, a Carmem Lopes. Eu também já a vi em alguma novela, mas não me lembro em qual. Muito boa, simpática, mas pelo visto vai ser ainda mais exigente que o Silvio. É, dona Maria Rita. Quer moleza? Senta no pudim.

A semana das surpresas (e micos coloridos)

Lembra que eu comentei que o lance com a velhinha dorminhoca tinha sido meu primeiro mico? O segundo vai vir agora.

Com esse negócio de ter que beber muita água, recomendação da dra. Catarina, é mais do que óbvio que eu também vá mais ao banheiro. Quando a aula terminou, resolvi dar uma passadinha ali, já que teria de pegar o ônibus de volta para Botafogo e ia ter de me segurar até lá. Peguei o ônibus e, para minha desgraça, estava lotado. Fiquei em pé, ao lado de um garoto de boné que ouvia funk pelo celular, sem os fones de ouvido. Olhei para todas as direções, procurando um lugar vago para fugir daquele sem educação e não encontrei. Ele olhava para mim e sorria. Será que ele estava no mesmo ônibus da ida e ia soltar um "Letícia, a comida está no fogão"? Não, acho que não. Depois de uns três pontos, ele se levantou para saltar. E cochichou bem no meu ouvido:

– Você fica muito bem de amarelinho.

Não entendi nada. Sentei no lugar que ele liberou. E foi só aí que entendi a piada. Eu tinha me esquecido de fechar o zíper da bermuda e estava de calcinha amarela! Dois micos relacionados a calcinha no mesmo dia? Quando cheguei em casa, depois do CEM, tomei banho e peguei a primeira que vi na gaveta. Ninguém merece!

Mas, depois de vários micos no mesmo dia, eis que me deparo com uma notícia interessante. O Silvio Castanheira telefonou lá em casa e deixou um recado para mim. Uau! Estou ficando importante, gente! O que o vilão da novela quer comigo?

Liguei de volta e quase caí para trás com o que ele me disse. O Silvio ia participar da gravação de um comercial de carro e a garota que seria a filha dele na propaganda ficou doente. Então precisavam de outra atriz com urgência e ele sugeriu meu nome. Eu deveria me apresentar na quinta-feira na agência de propaganda.

Gritei tanto, mas tanto pela casa que não sei como os vizinhos não chamaram a polícia. Ou o hospício, pois eu parecia uma doida correndo pra lá e pra cá. Cada um teve uma reação diferente. O Alex já contava com o fato de que eu ficaria famosa e planejava usar isso para conquistar as garotas. Minha mãe estava louca para ir comigo e tirar uma foto com o Silvio, pois não perdeu um capítulo da tal minissérie na qual ele foi um vilão. Isso mesmo, minha mãe pagando de fãzinha. Eu só me lembrei de contar para ela com quem foi minha oficina no último dia de aula e ela quase me deserdou. Eu juro que não sabia que ela era fã do Silvio! Eu já estava no quinto sono quando a minissérie passava e nem sabia que ela assistia. Mas, como ela teria que viajar para São Paulo a trabalho, meu pai ficou de ir comigo para ver os detalhes. Apesar de querer contar para o mundo inteiro, preferi ficar quieta até que tudo fosse concretizado. E se não fizesse o tal comercial? E se alguma coisa desse errada? Não. Vamos aguardar.

E, seguindo mais um dia da minha mais nova louca agenda, tive minha primeira aula de jazz. E qual foi a surpresa? A Ingrid conseguiu se matricular! A avó dela disse que pagaria as aulas até que os pais terminassem de pagar o material escolar. Ela estava saltitante de alegria.

Ali eu descobri que não tenho os dois pés esquerdos como sempre pensei. Até que me saí muito bem na primeira aula. Foi muito divertido. Só tem garota na turma, então o papo entre uma coreografia e outra é o mais "mulherzinha" possível: maquiagem, cabelo, unhas, esmaltes, cremes, namorados, sapatos, ficantes, rolos, revistas de moda. E, claro, os dois assuntos mais comentados do CEM: o sucesso do Edu na internet e o novo professor de filosofia. Não sei qual fã-clube conta com mais associadas. Hahahaha!

Apesar de achar que não tenho os dois pés esquerdos, eu tinha que pagar um miquinho básico. Afinal de contas, sou eu, né? Eu posso não ter os pés trocados, mas os braços... Estava toda empolgada numa das coreografias, estiquei o braço esquerdo antes da hora e acabei enfiando o dedo no olho de uma das garotas. Gente do céu! Só vi a coitada levando a mão ao rosto e lacrimejando sem parar. Tivemos que interromper a aula por uns cinco minutos até a garota parar de chorar. E bota colírio! Morri de vergonha! Ela, tadinha, me desculpou, viu que me enrolei sem querer. Mas, a partir desse momento, resolvi que o melhor pra mim é ficar atrás de todo mundo. Assim, não corro o risco de cegar ninguém.

A semana das surpresas (e micos coloridos)

Voltei para casa voando e tomei um banho, pois estava completamente suada. E lá fui eu pegar o ônibus para Laranjeiras para mais uma aula de teatro. Ufa! Essa vida de artista cansa mesmo.

Antes de despencar na cama, depois da maratona toda, separei uma roupa para usar na entrevista na agência. Teria que voltar para casa correndo, almoçar, me arrumar e seguir para lá com meu pai.

O dia se arrastou até o horário da entrevista. Nem acreditei quando finalmente pegamos o elevador e apertamos o botão do nono andar, onde ficava a agência. Quando o elevador abriu, caímos direto na recepção, e tinha uma garota ali usando um vestido vinho elegantérrimo e maquiagem impecável. De repente, me senti supermalvestida, com os meus tradicionais vestidinho de alça e tênis colorido. Olhei para o meu pai e ele piscou para mim, como se dissesse: "Vai dar tudo certo".

Fomos atendidos por um homem que devia ter uns 50 anos. Era o gerente da conta da tal marca de carros. Ele explicou como seria o comercial e disse que eu era exatamente o que eles procuravam. Sorri, mas de puro nervoso. Ele era educado e simpático, mas não era de exibir grandes sorrisos.

Como eu nunca tinha pensado em ser modelo ou fazer comercial, não tinha um book para mostrar. Mas, como eu havia sido indicada pelo Silvio Castanheira, fizeram minha ficha de inscrição assim mesmo e sugeriram que eu providenciasse uma sessão de fotos com um fotógrafo profissional. Eu tinha vontade de me beliscar para ver se aquilo estava mesmo acontecendo. A gravação seria no domingo e levaria quase o dia inteiro. Coisa de louco, né? O comercial tinha no máximo uns vinte segundos, mas demoraria todo esse tempo para ser gravado. E não seria apenas o comercial da TV! A campanha do lançamento do carro também teria anúncios em jornais, revistas e fotos minhas com o Silvio seriam postadas no site da empresa. Meu pai assinou toda a papelada e se informou de toda a burocracia. Eu ainda não entendo como essas coisas funcionam. Meu pai bancou o empresário. E, quando fiquei sabendo do cachê, nem acreditei! Não quis demonstrar surpresa para o homem da agência para que ele não pensasse que eu era uma desinformada. Agi naturalmente, mas gritando por dentro! Depois conversaria com os meus pais para saber o que fazer com aquele dinheiro.

No sábado, mais uma surpresa. Aliás, ô semaninha cheia de surpresas. A Aninha, que sempre foi da minha turma de inglês, também resolveu trocar a matrícula para o sábado por causa do jazz. Então, seria mais uma coisa que faríamos juntas! Adoro!

– Quase não consigo a transferência de turma, sabia? – ela comentou, enquanto caminhávamos até o curso.

– Sério? Por quê?

– Disseram que a turma de sábado é a mais cheia. Deve ser porque as pessoas não têm tempo de estudar durante a semana.

Quando entramos na nossa sala, entendemos perfeitamente o motivo de a sala estar cheia. De garotas. Adivinha quem era o professor?

– Professor César Castro! – falamos ao mesmo tempo.

– Olá, meninas! – ele nos cumprimentou, todo sorridente. – Vocês são do CEM, não são?

– Isso mesmo – confirmei enquanto procurava um lugar vago naquela sala lotada. – Quer dizer que, além de nos encontrarmos às segundas-feiras na aula de filosofia, também vamos nos encontrar aos sábados?

– Pois é. Dou aulas de filosofia e inglês.

Quando contarmos lá no CEM que nossa "sessão suspiro" pelo César Castro tem dose semanal dupla, as meninas vão querer matar a gente de tanta inveja.

15
Luz, câmera, ação!

No sábado, eu estava tão acabada de cansaço depois do curso de inglês que nem consegui dar atenção direito para o Lucas. Tadinho! Eu sabia que ficaria cansada com tantas atividades, mas não imaginava que seria tanto assim... Fomos ao cinema, mas logo voltamos para casa, pois eu precisava dormir. O início da gravação do comercial seria às três da tarde na Barra da Tijuca e eu queria estar bem descansada.

Meu pai perguntou se poderíamos levar algumas pessoas para assistir. Como teria muita gente envolvida, permitiram que, além dos meus pais, apenas mais duas pessoas fossem. Então, infelizmente, tive que deixar as MAIS de fora. Elas ficaram tristes, mas entenderam e torceriam por mim de longe. Além do Alex, convidei o Lucas para ir com a gente. É claro que ele vibrou! Mas desconfio de que não seja tanto por minha causa. Hehehe... Afinal, para o futuro cineasta, assistir a uma filmagem e ver a organização das coisas seria um cursinho intensivo e tanto.

Quando chegamos ao endereço indicado pela agência, nos deparamos com um condomínio de casas. A casa onde a gravação ocorreria estava enfeitada com balões coloridos do lado de fora e o carro do comercial estava estacionado na frente. Realmente era muito bonito, todo luxuoso por dentro e por fora. Meu pai ficou babando pelo carro. Aliás, homem babando por carro não é nenhuma novidade.

O comercial tinha um roteiro interessante. Eu iria a uma festa e meu pai, nesse caso o Silvio Castanheira, me levaria de carro. Na sala, ele olha um porta-retratos com uma foto minha com uns 5 anos de idade. Toda arrumada, eu desço as escadas e digo a seguinte frase: "Vamos, pai?" Ele me olha e fica todo orgulhoso. Em seguida, diz: "Vamos! Já está na hora". A próxima cena mostra a gente chegando à casa da tal festa. Um monte de adolescentes na porta, luzes coloridas, música alta. Eu dou um sorriso, um beijo de despedida nele e saio do carro. Ao me aproximar da casa, um garoto vai ao meu encontro e me dá um abraço. Meu pai olha com uma carinha de preocupado, do tipo: "Ai, não, minha filha cresceu". Balança a cabeça, sorri e dá partida no carro. E entraria uma narração com a seguinte frase: "Leben, com você nas melhores fases da vida". Eu não conhecia essa marca e meu pai de verdade disse que seria o lançamento de uma marca alemã no Brasil. Leben quer dizer justamente "vida" em alemão.

A casa era enorme – uma mansão, para falar a verdade. Foi alugada para a gravação e várias partes seriam usadas na produção. Do lado de fora, a fachada seria usada para simular a tal festa. Do lado de dentro, a escada que eu desceria e parte da sala. E uma das outras salas e um dos quartos foram usados como camarim e depósito. Como a casa fica num condomínio residencial, para não incomodar muito os vizinhos, teríamos que fazer tudo no maior silêncio e no menor tempo possível. Além de toda a produção, cerca de dez adolescentes seriam figurantes da festa. No total, havia umas quarenta pessoas lá dentro. Só mesmo uma mansão daquele tamanho comportaria tanta gente, mais equipamentos!

A primeira coisa que perguntaram para a minha mãe foi se ela tinha levado a minha foto com 5 anos. Ela, toda satisfeita, abriu a bolsa e tirou três fotos diferentes. A produção escolheu uma em que estou fantasiada para o carnaval. Poxa vida, logo aquela? Mas acho que era justamente para mostrar bem quanto eu tinha crescido. Sabe que me deu um aperto no peito? Ver minha própria foto e constatar que eu realmente cresci? Olhei para um grande espelho que tinha na sala e me deparei com uma adolescente. Lógico que sei que sou uma adolescente! Mas sabe quando dá aquele estalo na cabeça?

A gravação do comercial seria mais à noite, mas pediram que chegássemos cedo para a maquiagem, a prova do figurino e o ensaio. A sessão de fotos também seria feita à noite, usando o cenário da festa ao fundo.

Subimos as escadas e encontrei o Silvio. Corri e dei um abraço nele, agradecendo pela indicação.

– Não precisa me agradecer, Mari. Desde a oficina eu vi que você levava jeito e me lembrei de você na hora. Aproveite a oportunidade para que seja a primeira de muitas.

– Pode deixar, Silvio! Eu não vou te decepcionar.

Olhei para a minha mãe e o sorriso dela ia de orelha a orelha. Apresentei o Silvio e, claro, pedi para ele tirar uma foto com ela. Pensei que meu pai ficaria com ciúmes, mas ele achou engraçado. Minha mãe sempre é a executiva séria, mas parecia mais uma das adolescentes da figuração. Procurei pelo Lucas, mas ele tinha ficado na parte de baixo com o Alex olhando tudo. Ai, ai, esse meu namorado! Agora eu tenho dois cientistas malucos na minha vida. O meu irmão, que ama a vida dos insetos, e o Lucas, o cientista maluco do mundo do cinema.

E então teve início a produção! Primeiro fizeram um penteado cheio de cachos nas pontas. Como eu uso os cabelos naturalmente lisos, quiseram mudar um pouco o meu visual. Depois fizeram a maquiagem. E, detalhe, eu nem conseguia me ver direito no espelho. Mal acabaram de me maquiar, me pegaram pela mão e me deram o vestido da cena. Meu Deus! Que coisa mais linda! Era rosa, justo até a altura dos joelhos, digno de revista de moda. Ainda bem que a dieta estava dando resultado, pois ele serviu maravilhosamente bem. Foi aí que me olhei no espelho. Quase gritei de susto. Eu estava muito diferente! Claro que era eu, mas sabe uma Mari versão melhorada 2.0 plus? Nem para a festa de aniversário de 15 anos da Giovana, que fui dama junto com o Lucas, eu tinha ficado tão produzida.

Depois me deram os acessórios: um colar, pulseira e brincos para combinar. Além da bolsa de festa e das sandálias de salto alto. Foi aí que fiquei preocupada. Para mim, que ando de tênis o tempo todo, andar com aquelas sandálias superaltas de salto fino ia ser um problema! E aquela escadaria toda que eu teria de descer? *Não posso pagar mico, não posso pagar mico!*

Os outros adolescentes, que fariam figuração, também estavam sendo maquiados e elegantemente vestidos. Quando a gente assiste a um comercial nem imagina o trabalhão que é produzir.

Descemos as escadas e encontramos o Silvio, o Alex e o Lucas. Não sei qual dos três ficou mais espantado ao me ver. Olhei para o meu namorado fofo e ele me deu uma piscadinha.

Começaram os ensaios na parte interna da casa. Eu subi mais uma vez, com aquele salto agulha, rezando todas as orações, rezas e similares que eu sabia para não cair, tropeçar ou torcer o tornozelo. Fiz conforme o combinado. Desci devagar, mantendo uma postura juvenil, mas não tão desleixada. Afinal, eu deveria parecer uma jovem que estava virando mulher. E, no fim da escada, soltei minha fala. Refizemos o ensaio mais três vezes, até que a gravação foi definitiva. Que bom que tinha corrimão! Subir e descer aquelas escadas todas as vezes foi uma baita prova antimico!

Como já era noite, passamos para a filmagem externa. O carro se afastou só um pouco da casa e paramos várias vezes para o ensaio. Estaciona e põe marcha a ré. Uma vez. Outra vez. E mais outra.

Luz, câmera, ação!

Na cena em que eu saía do carro, graças ao meu bom Deus, havia uma espécie de passarela feita por grandes pedras. Eu já estava me preparando para enterrar aquele saltinho na grama. Encontro o tal garoto e lhe dou um abraço. Uma. Duas. Três vezes. Perdi a conta. Até que finalmente tudo acabou.

Quer dizer, acabou a filmagem. Ainda restavam as fotos. O Silvio e eu fomos fotografados de vários ângulos e em diversas poses, dentro e fora do carro, sempre com a festa ao fundo. Quando finalmente fomos liberados, já passava das dez da noite. Voltamos para o camarim improvisado e passaram um milhão de produtos para tirar a maquiagem. E, com isso, voltei a ser a velha e boa Maria Rita de sempre.

Meus pais foram buscar o carro e eu abracei o Lucas.

– Voltei a ser a gata borralheira – brinquei. – Você ainda gosta de mim mesmo assim?

– Você sabe que sim, né? – ele riu. – Mas preciso confessar uma coisa.

– O quê?

– Lembra que, depois daquele lance com a Michele, a gente prometeu contar um para o outro o que estivesse incomodando?

– Claro que me lembro. O que houve?

– Fiquei com ciúme daquele carinha que você teve que abraçar um milhão de vezes na cena.

– Ah, sério? – caí na gargalhada. – Sabia que eu estava tão nervosa que nem lembro direito da cara dele?

– Verdade?

– Verdade mais que verdadeira! Não precisa ficar com ciúme. Mas eu me recordo muito bem que o senhor uma vez me falou que não sentia ciúme, que eu teria de contracenar várias vezes com atores diferentes e que isso fazia parte do meu trabalho.

– Pois é, eu falei – ele coçou a cabeça. – Mas na teoria é muito mais fácil. Fiquei com vontade de dar um soco na cara dele.

– Hahahaha! Seu bobinho! – dei um beijinho nele. – Fique tranquilo.

Quando chegamos em casa, mal arrumei a mochila e caí desmaiada na cama. Que semana! E isso porque as emoções do ano estavam só começando...

16
Outras comemorações

Como era de esperar, a mulherada ficou eufórica quando soube que o César Castro era nosso professor de inglês. Mas acabamos rapidinho com a empolgação delas quando falamos que não havia mais vaga na nossa turma.

E, por falar em empolgação, não sei quem falava mais, se era a Aninha ou a Susana. A Ingrid e eu ficamos olhando para as duas, completamente tontas.

A Aninha ficou sabendo que seriam abertas as inscrições para fazer parte da equipe do jornal. No entanto, uma coisa a deixou contrariada. Ela não poderia se candidatar a editora-chefe.

– A Eulália disse que apenas alunos do segundo ano podem ocupar o cargo de chefia. Não vão aceitar alunos do terceiro, que já estão cheios de atividades do vestibular e ocupados com o ENEM. E como no primeiro ano tem muitos alunos novos, só os do segundo podem ocupar o cargo, por já estarem mais adaptados ao colégio. Não concordei muito com isso. Afinal de contas, eu estudei a vida inteira no CEM.

– Calma, dona Ana Paula! – a Susana fez uma careta. – Você quer ser chefe de tudo.

– Humm, o que você está querendo dizer com isso? Que eu sou mandona? – ela fez bico.

– Nada disso, garota! Hahahaha! – defendi a Susana. – Você é muito afoita, amiga! Calma. Tenta uma vaga de repórter, que tal?

– Acho uma ótima ideia! – a Ingrid opinou. – Se tem uma coisa que não vai faltar é matéria pra você escrever. Afinal, temos um popstar no CEM! Você pode entrevistar o Eduardo. Além da namorada dele, nossa ilustre amiga Susana, a mais nova atleta da CSJ Teen. E, daqui a pouco, teremos a mais nova famosa do pedaço, a Mari!

– Eu, famosa? Hahahaha! Menos, Ingrid, menos.

– A Ingrid está certa – a Aninha concordou, devorando um pacotinho de jujubas por causa da ansiedade. – Acho que vou gostar de colocar meu lado investigativo em ação.

– E como serão as inscrições? – eu quis saber.

– Vai funcionar assim: as melhores redações serão escolhidas para o primeiro jornal. O fato de o aluno ter um histórico com outras atividades extracurriculares vai contar ponto. Mas, para dar a primeira oportunidade a quem nunca fez esse tipo de atividade antes, o que vai contar mesmo é a redação. Estou confiante!

– Claro que você vai conseguir! – a Ingrid vibrou. – Você tem um ótimo histórico. Foi presidente do grêmio e tem um blog literário. Já pensou na matéria que vai escrever?

A Ingrid foi interrompida pela entrada do César Castro na sala. E, como da outra vez, as meninas ficaram babando com a presença dele. A Aninha sorriu e respondeu:

– Que tal uma matéria sobre amor platônico? Se levarmos em conta as paixonites agudas pelo professor e pelo nosso cantor, Eduardo Souto Maior, o CEM deve ter virado a maior central de amores platônicos do Rio de Janeiro!

Rimos e concordamos. Com certeza a matéria seria um sucesso.

Só conseguimos falar do segundo motivo de empolgação das MAIS na hora do intervalo. Conforme prometido, os pais da Susana dariam a maior festa de 15 anos para ela!

– Nunca desejei que o Carnaval passasse tão rápido! Vamos ter um mês para acabar de organizar tudo. Se bem que o salão e o bufê já estão sendo pagos há seis meses. Só faltam mesmo os últimos ajustes do vestido, enfeites... Mas eu disse que não queria valsa e essas coisas todas. Quero todo mundo dançando, vai ser o máximo! E, detalhe, o Eduardo vai cantar na festa!

– Mentira?! Meu Deus, vai ser a sensação da festa. Como vai ser isso? – a Aninha ficou toda animada.

– Ele tá ensaiando com uma banda. Além de "Dentro do coração", vai ser a primeira vez que ele vai cantar uma música que acabou de compor. Essa já é mais pop, dançante. Acho que todo mundo vai curtir.

– Estou curiosa! – quase gritei. – Essa também vai ter clipe?

– Não sei, mas vamos filmar na festa. Quem sabe não fica legal e ele também posta na internet?

– Vai ser o máximo! Nossa, estou contando os dias para a sua festa! – a Ingrid vibrou, dando pulinhos.

O resto da semana foi aquela agitação. Colégio, teatro, jazz... Mas já está sendo mais tranquilo, o corpo começou a se acostumar com a rotina e, quando estou parada, até acho estranho. Ainda bem que o Lucas é da minha turma! Se ele estudasse em outro colégio, quase nem teríamos tempo para namorar.

Conversei com os meus pais sobre o cachê do comercial. Eles acharam bom que eu investisse parte do dinheiro na minha carreira e colocasse o restante na poupança. Achei legal. Então, o primeiro investimento foi fazer o book que a agência tinha recomendado. Meu pai marcou para quinta-feira, que era o dia mais tranquilo para mim.

Como eu já tinha feito as fotos do comercial do carro, não achei estranho ter que fazer todo aquele processo de novo. Cabelo, maquiagem e mil poses. Só que, diferentemente do que aconteceu antes, precisei trocar de roupa várias vezes, com vários estilos.

No dia seguinte, a Aninha estava numa alegria só. Como já era de esperar, a redação dela foi escolhida para o jornal e ela seria a mais nova repórter do *Jornal do CEM*. Aliás, não só ela como mais dois alunos, em diferentes áreas. Ela cobriria eventos culturais, o outro falaria sobre esportes e o terceiro sobre variedades.

— E quem vai ser o editor-chefe, Aninha? — a Susana quis logo saber.

— Vai ser o Marcos Paulo. Não o conheço muito bem, mas o histórico dele é ótimo. Ele também tem um blog, mas sobre ecologia. Ele é bem engajado nessas questões de meio ambiente. Tomara que a gente se dê bem, vamos torcer.

— E a gente vai ter que esperar até a publicação do jornal para ler a sua matéria? — a Ingrid quis logo saber, fazendo cara de chantagista emocional para a Aninha.

— Tudo bem, eu mostro pra vocês! Vai ser uma espécie de crônica, daquele assunto que eu falei. Espero que gostem!

Ela abriu a mochila feliz da vida e nos mostrou a redação:

Amor platônico: coisa de adolescente?

Ana Paula Nogueira Fontes

Que atire a primeira pedra quem nunca se apaixonou por alguém famoso. Colecionar fotos, gritar nos shows, vibrar com um autógrafo ou mesmo chorar com uma letra de uma música são algumas das coisas que todo fã faz.

Vale também aquela paixão secreta por alguém não tão famoso, como um professor, um primo mais velho ou até um amigo do seu irmão.

Mas por que chamar esse amor quase impossível de platônico?

O termo "amor platônico" vem do nome de Platão, filósofo que viveu cerca de quatrocentos anos antes de Cristo. Ele acreditava na existência de dois mundos: o das ideias, onde tudo era perfeito e eterno, e o real, finito e imperfeito. Esse amor seria perfeito no campo das ideias, baseado na fantasia e nos desejos de cada um. O ser amado é perfeito dentro de sua mente.

Existe também quem acredite que quem alimenta um amor platônico é emocionalmente imaturo, pois foge de um relacionamento real. Portanto, ocorre mais com adolescentes tímidos por puro medo de se aproximar, por causa da insegurança.

Sendo imaginário ou irrealizável, acredito que esse tipo de amor faz parte do nosso crescimento. O amor é verdadeiro! E, por mais que a gente não consiga entender como alguém pode amar dessa forma, devemos respeitar. Vai do momento de cada um.

O amor por si só é uma forma de aprendizado e crescimento. O amor por um ideal, pela realização de um sonho, por um cãozinho de estimação. O amor pelos pais, pelos irmãos, pelos amigos. E por que não incluir o amor por seu ídolo?

Muitos desses ídolos são exemplos a ser seguidos. Quem nunca admirou um cantor ou ator por ele se empenhar em alguma causa e também não se sentiu motivado a participar? Vemos muitos artistas liderando causas políticas, de arrecadação de fundos ou de alimentos para instituições de caridade, pelo desarmamento ou pela cura do câncer.

E nossos ídolos podem ainda ser ou não contemporâneos. Sou fã de William Shakespeare e ele nasceu muito antes do meu tempo. Mas não deixou de me influenciar positivamente com suas histórias, me fazendo gostar de literatura. Assim como Elvis Presley com sua música.

Portanto, por mais que existam pessoas que não consigam compreender os "amores platônicos" que você tem, viva-os intensamente! Sem esquecer um dos pés na realidade, é claro. Se um dia ele vai acabar? Pode ser que sim, a grande maioria termina cedo ou tarde. Mas depois ficarão as boas recordações e todo o aprendizado que você adquiriu ao exercitar o mais nobre dos sentimentos humanos: o amor.

Outras comemorações

– Uau, Aninha – a Ingrid só faltou beijar o papel. – Ficou demais!

– Quase nem ficou subentendido que você estava falando do professor de filosofia, hein? Hahahaha! – tive que zoar.

– Mas é claro, né? Platão e tudo o mais – a Susana riu. – E o Edu também tá aqui. Então quer dizer que o amor platônico que as fãs sentem por ele, por mais que ele não corresponda, está fazendo bem pra elas?

– Ah, eu enxergo assim – a Aninha respondeu. – O meu primeiro artigo dá ou não dá mil motivos para refletir?

– E como! – concordei. – E, por falar no Edu, as fotos da campanha de roupas masculinas já caíram na internet.

– Eu sei – a Susana suspirou. – Ficaram lindas! Agora mais do que nunca vou precisar de autocontrole emocional.

– Você continua se consultando com a psicóloga? – a Ingrid quis saber.

– Claro. As consultas são ótimas. Mas você bem que podia me indicar algum incenso, né, Ingrid? Um reforço sempre é válido – ela riu.

– Claro, tenho alguns ótimos para recomendar. Que tal camomila para relaxar, cravo para eliminar as energias negativas das fãs invejosas e violeta para equilíbrio emocional?

– Adorei! Vou comprar hoje mesmo.

17
Procurando novos horizontes?

Mais uma aula de teatro. O exercício que a Carmem passou foi bem interessante.

Ela formou duplas na sala, e eu caí justamente com o Igor. Primeiro deveríamos ficar em pé, um de frente para o outro, com o olhar fixo nos olhos do parceiro, encarando mesmo. Depois, ao sinal dela, deveríamos nos aproximar usando os braços, tentando tocar o outro. Mas, seguindo o instinto, tínhamos de aceitar ou não o toque.

Ficar encarando o outro dá uma tremenda vergonha. Acho que era isso que ela queria que a gente exercitasse. Parece que o outro pode enxergar todos os nossos defeitos ou descobrir nossos segredos. E meu parceiro era muito compenetrado. Levava tudo muito a sério, de verdade. Claro que tive vontade de rir. Mas me lembrei da bronca do Silvio durante a oficina, para que evitássemos ceninhas de risos a fim de não atrapalhar todo o trabalho.

Como evitar meus pensamentos com ele ali, bem na minha frente, me encarando? Quando a professora deu o sinal, ele delicadamente tentou mexer nos meus cabelos. E eu permiti. Depois, a gente pôde usar o resto do corpo no exercício e ele pegou na minha mão. Começamos meio que a dançar balé em câmera lenta, sempre olhando nos olhos. Na hora eu me lembrei daquela cena de *Dirty Dancing,* quando a garota estava aprendendo a dançar e ficava babando pelo Johnny Castle, personagem do Patrick Swayze. Não que eu estivesse babando pelo Igor, apesar de ele ser bonito. Acho que foi por causa da semelhança da boca e do queixo. Sabe quantas vezes minha mãe assistiu a esse filme? Sei lá, pelo menos umas trinta, sem contar a cena da dança final. Além disso, teve uma época em que virou "modinha" fazer a coreografia da música "The Time of my Life" em festas de casamento.

Não sei quanto tempo se passou até a Carmem encerrar o exercício. Achei demais! Apesar de ainda achar muito difícil encarar o outro daquela maneira.

O Igor e eu saímos da sala conversando e eu dei de cara com a Aninha.

– Oi, amiga! O que está fazendo aqui? – perguntei espantada.

– O trabalho da minha mãe é aqui perto. Ela vai ter que fazer hora extra hoje por causa de uma reunião com uns estrangeiros. Então, eu vim entregar uns documentos que ela tinha deixado em casa.

– Deixa eu apresentar vocês. Esse é o Igor,

meu colega de curso. Igor, essa é a Aninha, uma das minhas melhores amigas do CEM.

Nos primeiros dez segundos, pensei que estivesse enganada, mas senti o maior clima entre os dois. Ele nem disfarçou. Tudo bem, já estou acostumada com os garotos babando pela Aninha, afinal de contas ela é linda e parece uma modelo. O que achei estranho foi que ela também meio que ficou com cara de boba para ele.

– Estava te esperando para voltarmos juntas pra casa. Como seu celular estava desligado, arrisquei esperar por aqui. Vamos? – ela saiu do transe, lembrando do motivo de estar ali do lado de fora do curso.

– Vamos! Até amanhã, Igor.

– Tchau, Mari. Tchau, Aninha, prazer em te conhecer. Aparece mais vezes.

– Vou aparecer sim, pode deixar.

Quando ele sumiu da nossa vista e fomos para o ponto de ônibus, fui logo fazendo o interrogatório.

– Vem cá, dona Ana Paula. Eu estou vendo coisas ou rolou uma paquerinha básica entre vocês?

– Mari, ele é muito gato! – ela suspirou. – Como você não me fala uma coisa dessas?

– Alouuu, loira! Você tem namorado, lembra? O Guiga?

Ela fez cara de tédio.

– Eu e o Guiga não estamos bem...

– De novo? No ano passado ele aprontou aquilo tudo por ciúme quando você concorreu ao grêmio. Eita – estalei os dedos. – Agora que me toquei. Esse negócio de ciúme dentro do grupo começou com você no ano passado.

– Verdade – ela riu. – Ele não queria que eu concorresse ao grêmio, pois ficou com ciúme de mim e até demos um tempo no namoro.

– Depois ele desencanou disso e vocês voltaram. Não vai me dizer que ele agora está implicando com seu cargo de repórter no jornal do CEM?

– Não. O namoro esfriou mesmo. Está muito sem graça.

– Esfriou? Sem graça? Como assim?!

– Você sabe que nunca estou satisfeita. Quero sempre melhorar, aprender mais, ir atrás daquilo que acredito. O Guiga não tem esse mesmo entusiasmo. Não estou falando mal. Ele é educado, amigo, companheiro, divertido. Mas não temos as mesmas ambições, sabe? Ele simplesmente vai levando a vida, sem se envolver seriamente com nada.

– Aninha, você está esquecendo que ele tem só 15 anos, assim como a gente.

– O que a idade tem a ver com isso? Você não sabe que quer ser atriz e não está correndo atrás? Eu gosto de ler e agora descobri que também gosto de jornalismo. Então, não existe idade mínima para gostar de algo e se motivar para correr atrás. Eu falo das minhas coisas e ele faz cara de tédio: *Ai, nossa, estou cansado só de ouvir, não sei como você aguenta.*

– Entendi. Você está achando o Guiga meio paradão.

– Isso mesmo – ela fez bico. – Eu gosto dele, mas sabe aquele namoro meio sem graça? Só fazemos as mesmas coisas sempre. Vamos ao shopping, uma vez ou outra ao cinema e depois lanchamos. Eu queria mais ação! – ela riu.

– Está querendo que o Guiga se torne corredor profissional? – tive que zoar.

– Hahahaha! Não é nada disso. Às vezes dou outras sugestões de passeios, como ir ao teatro, conhecer outros restaurantes ou lanchonetes, ver alguma exposição, festivais de cinema. E ele não se anima com nada, só quer ficar em casa, ou fazer as mesmas coisas de sempre que eu não aguento mais. Meu primo Hugo chama a gente quase toda semana pra visitar outros lugares. Ele conhece muita gente e está sempre em festas de aniversário, churrascos... Como ele é mais velho, meus pais não se importam que eu saia com ele e chegue mais tarde em casa, ou vá para um pouco mais longe. Mas o Guiga nunca quer ir. No início eu não ia, não achava certo abandonar meu namorado sozinho. Mas, nas duas últimas vezes que o Hugo me chamou, eu fui.

– Ana Paula! – brinquei que dava bronca. – Você não está de paixonite pelo seu primo de novo, né?

– Ah, não. Relaxa. Eu já resolvi isso na minha cabeça, foi coisa de criança confundir tudo. O meu primo é um amigão.

– Vou ficar de olho na senhorita – fiz cara de tia mandona.

– Mas, voltando ao assunto do Igor... – ela fez cara de sapeca. – Você sabe se ele tem namorada?

– Não sei – ri. – Por que você não aparece aqui amanhã e assiste a nossa aula? Podemos trazer gente de fora de vez em quando.

– Posso? – ela se animou.

– Pode. Ai, meu Deus. Eu vou para o inferno – comecei a fingir que rezava. – Olha só o que eu estou fazendo! Ajudando minha amiga a trair o namorado lesma.

– Opa, peraí – ela se defendeu. – Não vou trair o Guiga.

– Assim espero! Pois isso não faz parte da sua personalidade, dona Ana Paula. Olha lá, o ônibus tá vindo. Lotado pra variar.

– Para de reclamar e vamos logo – ela me empurrou, rindo.

No dia seguinte, a Aninha foi toda empolgada me esperar no ponto de ônibus para me acompanhar na aula de teatro. Ela acha que não percebi que ela até colocou uma blusa nova. Azul. Só para combinar com os olhos. Ô garota danadinha!

Quando entramos no ônibus, quem estava lá? A senhorinha que dormiu no meu ombro, a avó da Letícia. Hahahaha! Só que não tinha lugar para sentar e a gente foi até Laranjeiras em pé. É muito engraçado esse negócio. Se você pega o mesmo ônibus no mesmo horário, corre o sério risco de encontrar as mesmas pessoas.

Chegando ao curso, apresentei a Aninha para a professora Carmem. De cara, ela já elogiou a beleza da minha amiga, perguntando se ela não era modelo. A Aninha riu e disse que não se interessava pela carreira de modelo, apesar de um monte de gente perguntar. Logo em seguida, o Igor chegou.

– Olha só, você voltou.

– Pois é. A Mari fala do curso tão empolgada que fiquei curiosa. Prometo que vou ficar bem quietinha e não vou atrapalhar – ela respondeu, jogando aquele charme que ela sabe usar muito bem quando quer.

Procurando novos horizontes?

Eu estava com uma tremenda vontade de rir da situação. Eu nunca vi a Aninha assim. Pelo visto, o namoro dela com o Guiga estava realmente por um fio de cabelo.

Teríamos outro exercício em dupla. Dessa vez fiz dupla com uma garota, a Daniele. Ela tem olhos enormes, parece uma coruja. Seria uma cena de improviso baseada num tema dado pela Carmem. Eu faria uma médica que deveria dar à minha parceira uma má notícia. Ela estava muito doente e teria apenas mais três meses de vida. Nossa, que drama, hein? Logo eu seria a médica, que tem que mostrar seriedade.

Quando lhe dei a suposta notícia, a Daniele enlouqueceu. Eu me assustei de verdade. Ela agarrava o meu braço e dizia:

– Doutora, doutora! Isso não pode estar acontecendo – e arregalou ainda mais aqueles olhos, e as mãos pareciam duas pererecas de tão geladas!

Ela começou a inventar que tinha duas filhas pequenas e que a atual mulher do pai das crianças ia maltratá-las. Então começou a exagerar tanto que a Carmem até a interrompeu. Juro, eu estava com vontade de sair correndo de medo dela.

Depois a gente meio que entendeu por que ela tinha reagido daquele jeito. A avó dela tinha falecido havia três meses e ela juntou tudo na cabeça. Coitadinha, deve ter sofrido um bocado e confundiu tudo. Assim como o Silvio Castanheira tinha dito que devemos resgatar sentimentos e vivências para passar uma verdade ao público, a Carmem reforçou isso nas outras aulas. E a Daniele buscou esse sentimento de perda dentro dela, mas errou na dose. Ficou envergonhada depois. Mas, apesar do susto que tomei, achei que ela foi bem no geral. Afinal de contas, eu fiquei com medo dela! Hehehe...

O Igor contracenou com a Gabriela. Como sempre, levando tudo a sério. Eu duvido que um dia ele tome uma bronca, se vier a trabalhar na tevê. A cena era a seguinte: ele diria que havia descoberto a traição da parceira com o melhor amigo dele. Ela tentava de todas as maneiras dizer que ele estava enganado, que não era nada daquilo. Ele, irredutível, nem sequer olhava pra ela. E, quando fazia isso, seus olhos demonstravam frieza.

Olhei para a Aninha e, como a conheço muito bem, estava estampado na testa dela que ela estava pensando no Guiga. Que estar ali na aula era um tipo de traição para ela.

Pra variar, ele foi muito bem na cena. Todos aplaudiram.

Quando saímos, o Igor comentou que tinha convites para a estreia de uma peça de teatro. Um amigo dele estava encenando *Aladim*.

– Tenho cinco convites. Vocês estão a fim de ir?

– Ah, eu acho bem bacana, adoro peças infantis – falei.

– Posso dar a resposta amanhã? – a Aninha perguntou, um tanto receosa.

– Podem responder no sábado, sem problemas. A peça é no domingo à tarde.

– Então tá ótimo – ela sorriu. – Vamos, Mari?

– Vamos – concordei. – Oba, amanhã é sexta! – suspirei.

– Mas temos aula, dona Maria Rita – ele brincou.

– Eu sei. Hahahaha! Mas essa vida de ensino médio está me cansando, quero descansar um pouquinho. E namorar, né?

– Verdade, é bem puxado. Vou nessa, meninas. A gente se fala depois. Beijos.

– Tchau, Igor! – respondemos em coro, o que provocou risadas.

Depois do jantar, eu estava confortavelmente esparramada no sofá quando o telefone tocou. Era a Aninha.

– Terminei com o Guiga.

– Mentira?! – quase engasguei com a notícia. – Como foi isso?

– Ah, aquela cena de improviso lá no curso mexeu comigo, sabe? Então eu tomei a decisão naquele momento.

– Ô garota doida! Você terminou com o Guiga por causa do Igor?

– Não! Lembra da sua empolgação com a sexta-feira? Eu também ficava empolgada antes, pois passaria o fim de semana todinho agarrada no Guiga. Agora é um tédio danado.

– E como ele reagiu?

– Sem surpresa. Acho que ele devia estar enjoado de mim também.

– Nossa, que babado! Já contou pra Ingrid e pra Susana?

– Ainda não, vou contar agora.

– Como vai ser na aula de hoje em diante, hein? Hummm... vai ficar o maior climão estudar com ele.

– Eu sei. No ano passado a gente estudava em turmas separadas. Vai ser complicado, mas não terminamos por causa de brigas nem nada.

– Vamos ver como tudo vai ficar.

– O Igor me adicionou no Facebook... – ela deu uma risadinha do outro lado da linha.

– Agora estou entendendo tudo! Você terminou o namoro por causa do Igor sim.

– Não vou negar que estou interessada nele. Mas não foi por causa disso, Mari. O namoro estava me deixando triste. Aquele frio na barriga, o coração acelerado, a ansiedade pra encontrar... tudo isso já tinha acabado fazia tempo e eu estava acomodada na situação. E ele também. Só que tive coragem de terminar.

– Vamos torcer pra dar tudo certo...

18
A vida é feita de vários começos

Foi muito, mas muito estranho a Aninha não namorar mais o Guiga. Afinal, a história deles começou muito antes da minha com o Lucas. Éramos quatro casais que faziam tudo junto e agora não seria mais assim. Meu pai é fã do Lulu Santos. E na hora me lembrei de um trecho da música "Tempos modernos", que diz assim: "Eu vejo um novo começo de era…"

Eles se falaram normalmente no dia seguinte, e ainda bem que a gente fez aquele acordo logo no início das aulas, de os garotos sentarem no fundão e a gente no meio, separados, para que nosso rendimento não caísse. Já pensou se o Guiga sentasse bem ao lado dela e, de repente, por causa do término do namoro, fosse se sentar no fundão? Ia ser muito chato.

Os garotos também ficaram meio sem graça. Claro que ficaram do lado do Guiga. Não que tenham ficado contra a Aninha, nada disso. Mostraram que são amigos e que estavam ali para dar uma força para ele. Achei bacana da parte deles. Ele não parecia estar sofrendo. Mas, na hora do intervalo, eles ficaram de um lado, jogando bola na quadra, e a gente ficou do outro, conversando.

– E as atividades do jornal, Aninha? – a Ingrid quis saber. – Já começaram?

A vida é feita de vários começos

– Não, só depois do Carnaval. Estou louca pra começarem logo!

– E a gente não sabe? – a Susana riu. – Quem você vai entrevistar primeiro? Bom, se é que vai ter entrevista.

– Ainda não sei. A primeira matéria vai ser a crônica que escrevi sobre amores platônicos. O primeiro jornal sai em abril. A minha próxima matéria sai no mês de maio.

– Ah, ainda tem tempo. E quem vai decidir tudo, vai ser o Marcos Paulo, do segundo ano? – a Ingrid perguntou.

– Ele vai ser editor-chefe, mas pelo que eu entendi a Eulália vai ser a responsável. Afinal, precisamos ter um professor coordenando.

– Senão vira bagunça! – eu ri. – Coisas malucas impressas pra centenas de alunos do CEM.

– E o seu comercial, Mari? Quando sai?

– Ainda não sei. Estava entrando na fase de produção. Mas ficaram de avisar meu pai.

– Olha só que garota chique, gente! – a Susana brincou. – A Mari tem até empresário.

– Hahahaha! E nome artístico também.

– Ah, é? – a Ingrid perguntou ansiosa. – Qual vai ser?

– Eu pensei em deixar Maria Rita mesmo, mas aí iam confundir com a cantora, né? Então ficou Mari Furtado.

– Gostei! – a Aninha aplaudiu. – Senhoras e senhores, com vocês, Mari Furtado!

– Ui, gente! Já pensou? Eu na entrega do Oscar?

– Menos, Mari. Meeeenos! – elas gritaram em coro.

Sobre o lance dos convites do Igor para o teatro, ficou decidido o seguinte: como ele tinha cinco entradas, as MAIS iam em peso. Os meninos não se importaram, pois rolaria um campeonato de futebol. Se um deles fosse, ia ficar parecendo traição ao Guiga e, apesar de ainda não estar rolando nada entre a Aninha e o Igor, ficaria meio estranho.

Encontramos o Igor na porta do teatro meia hora antes do espetáculo. Foi engraçado, só ele de garoto no meio de quatro garotas. Parecia que a Aninha estava com seguranças particulares. Mas foi bem legal e divertido!

A peça foi ótima. E, assim como o Lucas, que vê os filmes com olhos de diretor, vi a peça com outros olhos também. Fiquei atenta aos cenários, à maquiagem, ao figurino... Estava muito bem ensaiada, os atores estavam bem entrosados.

Depois aguardamos o amigo do Igor sair. Demorou um pouquinho, pois ele precisava tirar o figurino e a maquiagem. Ele era muito legal também, divertido. O nome dele é Matheus, e a gente resolveu lanchar ali perto do teatro, já que ainda era cedo.

Eu, com essa minha eterna dieta, precisei me contentar com sanduíche de frango grelhado e salada e suco de melancia, enquanto todo mundo comia hambúrguer e batata frita. Mas até que estava gostosinho, não foi um sacrifício tão grande assim.

Foi um programa diferente do que a gente tem feito ultimamente. Eu adoro o meu namorado, assim como a Susana e a Ingrid adoram os seus. Mas conhecer novas pessoas também é interessante. Assim, quando eu me encontrar com o Lucas, terei um monte de novidades para contar para ele e vice-versa. Aprendizado do dia: gostar não significa estar junto o tempo todo.

Quando cheguei em casa, meu pai estava eufórico.

– Mari, o comercial do Leben acabou de passar!

– Passou?! – gritei, indignada por ter perdido. – Mas eles não iam avisar?

– Pois é, acho que esqueceram.

– Poxa vida, e agora? – sentei no sofá completamente desolada.

– Vai passar mais vezes, filha! – minha mãe disse. – Ai, como estou orgulhosa da minha filhota!

– Eu fiquei bem? Fiquei gorda?

– Você estava ótima! – meu pai falou todo metido. – Já estou vendo o pessoal da editora morrendo de inveja.

– E o pessoal do escritório? – minha mãe colocou as mãos na cintura de um jeito que me fez cair na risada. – Ninguém lá tem filha artista.

– Ai, gente, que exagero. Eu só tive uma fala no comercial.

– O Silvio Castanheira também – meu pai deu de ombros –, estão no mesmo patamar.

– Ai, pai. Só você, viu?

– Olha, olha! – minha mãe apontou para a televisão. – Está passando de novo!

Meus olhos ficaram vidrados na tevê. Era eu! Euzinha Furtado Linhares na televisão, em rede nacional. Eu fiquei mesmo bem na telinha. Também, com aquela produção toda, quem não ficaria?

Quando acabou, pulei pela casa sem parar! E o telefone enlouqueceu. Era tio, tia, primos, conhecidas da minha mãe... Aquela comoção toda foi muito engraçada.

Quando acessei a internet, já tinham colocado o comercial no YouTube. E as pessoas, enlouquecidas, não vendo que eu já tinha compartilhado no meu perfil no Facebook, fizeram a mesma coisa umas oito vezes seguidas.

Fiquei me sentindo como o Eduardo no dia do clipe. Mas o pessoal estava comentando coisas legais, diziam que eu tinha ficado bonita, que ficaria famosa, essas brincadeiras. Ninguém ficou me cantando, como fizeram com o namorado da Susana.

– Estou só de olho nesses marmanjos folgados! Quem der em cima da minha namorada vai se ver comigo – o Lucas brincou ao telefone.

– Hahahaha! Olha quem é o ciumento agora, hein?

– Estou brincando. Você estava linda, Mari.

– Obrigada... – respondi toda melosa.

– Foi estranho não ter te visto hoje. Pela primeira vez estou torcendo para a segunda-feira chegar logo.

– Que fofo!

– Você sabe o que vai acontecer na quinta-feira, não sabe?

– Ai, não acredito! Você lembrou...

– Um ano de namoro. Quem diria!

– Verdade.

– Não marque nada para esse dia. Estou preparando uma surpresa.

– Surpresa? – meu coração disparou. – O que é?

– Se eu contar, vai deixar de ser surpresa, ora...

– Que nervoso! Tudo bem, vou me controlar.

E a semana foi agitada! Na semana seguinte seria Carnaval, e logo depois a festa de aniversário da Susana.

Logo descobri quais seriam as minhas primeiras dores de cabeça do ensino médio: química e biologia. Por sorte, tenho um nerd em casa que entende tudo isso. Como pode, né? Somos irmãos, temos os mesmos pais, fomos criados da mesma forma, mas somos completamente diferentes.

E outra descoberta da semana. O Alex pode ser meio chatinho, metido a conquistador barato, mas ele sabe ensinar. Do jeito que ele me explicava a matéria, tudo fazia sentido.

– Alex, você é o melhor irmão do mundo!

– Eu sempre soube disso... – ele respondeu fazendo pose. – Só descobriu isso agora?

– Para de dar showzinho, garoto! – dei um tapinha nele. – Até que você leva jeito pra professor. Já pensou nisso?

– Pensei sim. Acho bem legal.

– Você podia ganhar uma grana dando aulas particulares.

– Você acha? – ele perguntou espantado.

– Acho não, tenho certeza! Por que você não tenta? Eu posso te indicar. E olha, pelo que tenho visto na escola, um monte de gente ia querer fazer.

– Vou pensar sobre isso. Valeu pela dica, maninha.

– Vou dar uma olhada nas notícias na internet pra ver se alguma catástrofe ecológica acabou com metade do planeta.

– Por quê? – ele perguntou confuso.

– Estamos aqui há quase três horas e não brigamos. E você não soltou suas tradicionais piadas sem graça.

– Hahahaha! Essa é a vantagem de crescer.

– Parar com as piadas sem graça? – zoei.

– Não. Os irmãos pararem de implicar. Eu te adoro, sabia?

– Também te adoro, seu nerd chatinho. Agora chega que essa sessão melosa já deu o que tinha que dar.

– Hahahaha! Doidinha.

– Obrigada pela força. De verdade.

Finalmente a quinta-feira tinha chegado. E eu nem bem tinha acordado e a minha mãe chegou com a maior cara alegre do mundo.

– O Lucas está aí.

– E essa felicidade toda é por quê?

– Não quer ir até a sala pra entender?

Sabe quando o coração congela, mas é o frio mais maravilhoso do mundo? E de repente esse frio se torna um calor insuportável, que sobe pelo pescoço e vai até a raiz dos cabelos?

O Lucas estava lindo, paradinho na sala com um buquê de flores e outro embrulho, lindamente feito com um papel de presente azul. Era a primeira vez que eu recebia flores na vida!

– Amor, obrigada, são lindas demais! – abracei as flores para em seguida abraçá-lo também.

– Pensei em mandar entregar, mas quis ver sua reação pessoalmente.

– Eu te amo, Lucas.

– Eu também te amo, Mari.

Esqueci completamente que estava no meio da sala de casa e que os meus pais e o Alex poderiam ver aquela cena. Beijei o Lucas, ainda segurando as flores, e senti meu rosto molhado. Eu tinha chorado e nem tinha percebido. Pode uma coisa dessas? Pagando mico no momento mais lindo e romântico dos últimos tempos?

– O que tem nesse embrulho?

– Abre! – ele falou empolgado. – Tomara que você goste.

Era uma caneca grande, dessas para o café da manhã, com a nossa foto impressa. A coisa mais fofa! Agora eu ia tomar meu chocolate quente todos os dias com ela.

– Eu comprei uma coisa pra você, espera um minuto.

Como eu não imaginava que ele ia aparecer tão cedo, coloquei o presente na minha mochila e pretendia entregar na hora do intervalo.

– Espero que goste! – entreguei a pequena caixa.

Ele abriu o pacote e morreu de rir.

– Nossa! Duas claquetes!

– Hahahaha! Eu não sabia qual escolher, então comprei as duas. O chaveiro em forma de claquete e a capinha de celular do mesmo jeito.

– Adorei, amor. Obrigado.

– Eu não queria estragar esse momento tão fofo dos pombinhos, mas já está na hora de irem para o colégio – meu pai entrou na sala, meio sem jeito.

– Verdade! – o Lucas olhou assustado para o relógio. – Obrigado, seu Evandro. Já estamos indo.

Assistimos às aulas e depois fomos ao shopping. Almoçamos e fomos ao cinema. Dia maravilhoso ao lado do meu amorzinho... E passou voando! Incrível esse sentimento de o tempo voar quando estamos ao lado de quem a gente gosta. E veio outro trecho da mesma música do Lulu Santos na minha cabeça:

Hoje o tempo voa, amor
Escorre pelas mãos
Mesmo sem se sentir...

19
Oi, ciúme! Você por aqui de novo?

Quando a gente pensa que se livrou do bichinho do ciúme, ele dá as caras novamente. Ele adora dar uma mordidinha em quem está quieto. Dessa vez sobrou para a pobrezinha da Ingrid.

Ela começou uma amizade com o Marcos Paulo. Como a Aninha disse, ele tem um blog sobre ecologia, reciclagem, sustentabilidade, essas coisas. E a Ingrid ficou muito interessada no assunto.

Ele postou no blog uma matéria que ele fez sobre reciclagem de lixo e ela adorou. Começaram a se falar mais, inclusive pelas redes sociais. O prédio onde ela mora está fazendo separação de lixo, inclusive para arrecadar fundos para o condomínio. Vidro, plástico, alumínio, enfim, tudo o que pudesse ser vendido para cooperativas de reciclagem. Todo o dinheiro arrecadado seria usado para pintar a fachada do prédio e reformar a portaria.

A ideia tinha sido do novo síndico, que tem uma ONG ligada à preservação da natureza e faz algumas campanhas, inclusive para que as pessoas não sujem as praias, que juntem o lixo e descartem nos locais apropriados. Achei essa particularmente muito importante! É bem comum a gente andar na areia e acabar pisando em alguma latinha, vidro, palito de picolé, embalagem de biscoito e restos de outros alimentos.

As taxas do condomínio que a Ingrid mora estão altas e ninguém aguentava mais pagar tanta coisa. Claro que alguns moradores foram contra. Imagina se iam perder tempo separando lixo? Sim, infelizmente tem gente que acha perda de tempo pensar numa maneira mais saudável de viver... Mas, como a maioria achou a ideia boa, eles resolveram tentar.

Então, a matéria do blog do Marcos Paulo foi bem ao encontro do que estava acontecendo no prédio da nossa amiga e eles passaram a conversar mais. E quem não gostou nada disso foi o Caíque.

Um dia desses eles tinham combinado de se encontrar na quadra de futebol, depois que a Ingrid comprasse o lanche dela na cantina. Só que o Marcos Paulo entrou justamente atrás dela na fila e eles ficaram conversando. Conversa vai, conversa vem e o intervalo terminou! E a Ingrid esqueceu completamente que tinha prometido encontrar o Caíque. Quando ele voltou para a sala, ela pediu desculpas, mas ele ficou o resto da manhã invocado por ter sido esquecido.

Mas o pior aconteceu no mesmo dia, só que à tarde. O Marcos Paulo recebeu de uma ONG um monte de cartilhas sobre reciclagem de vidro. A Ingrid achou que seria legal distribuir para os moradores e ele ficou de passar no prédio dela para entregar. No finzinho da tarde o Marcos Paulo passou por lá e tocou o interfone. Ele estava avisando que ia deixar na portaria, mas ela achou que seria falta de educação não agradecer pessoalmente e desceu. Pra quê? O Caíque passou justamente naquele momento e fez o maior barraco. Partiu pra cima do Marcos Paulo tomando satisfações, perguntando se ele não tinha vergonha na cara e tudo.

A Ingrid não entendeu nada daquela reação maluca do Caíque e o expulsou da portaria do prédio. Ela ficou morrendo de vergonha, pediu desculpas ao Marcos Paulo e voltou chorando para casa.

Sabe quem consertou toda essa confusão? O Lucas!

Ele já conhecia o Marcos Paulo, já que é amigo do primo dele. O mesmo que iniciou o Lucas no mundo dos bastidores do cinema. Ele estava justamente com o primo quando o Marcos Paulo chegou assustado com o que tinha acontecido. A Ingrid traindo o Caíque? Ele conhece mi-

Oi, ciúme! Você por aqui de novo?

nha amiga muito bem para saber que ela não faria uma coisa dessas. Foi uma confusão danada. O Lucas me ligando, eu ligando para a Ingrid... No fim, o Lucas foi acalmar os ânimos do ciumento do Caíque e explicar que ele tinha confundido tudo.

No dia seguinte, o Caíque quis se desculpar, mas a Ingrid estava muito chateada. Ela é fofa, meiga, doce, um amor de pessoa, mas, quando se sente injustiçada, sai de baixo! Não olhou para a cara do Caíque a manhã toda.

– Ele já pediu desculpas, Ingrid – a Aninha tentou convencê-la a falar com ele.

– Eu sei, Aninha – ela respondeu triste. – Mas não quero falar com ele agora. Por mais que eu goste dele e entenda que ele confundiu as coisas, ele não podia ter agido daquela maneira. Fiquei muito envergonhada. Coitado do Marcos Paulo, na maior boa vontade querendo ajudar e levando fama de conquistador.

– O que está acontecendo, hein? Toda hora uma de nós passa por maus bocados por causa do ciúme – reclamei.

– Verdade – a Aninha concordou. – Precisamos dar um jeito nisso.

– Como, amiga? – a Susana riu.

– Sei lá! – ela acabou rindo também. – Fortalecendo a confiança em nós mesmas e passando isso para os namorados. Já pensou se a gente não puder mais falar ou ter amizade com alguém do sexo oposto? Porque tudo vai ser motivo de ciúme?

– Concordo – falei. – E o mais engraçado dessa história, se é que a gente pode falar assim, é que fui a protagonista de um vexame desses não faz muito tempo. E justamente o Lucas foi consertar o mal-entendido.

– Pois é, o mundo dá voltas – a Ingrid riu, demonstrando que já estava mais calma.

– Gente! – apontei, espantada. – Olha lá o Caíque conversando com o Marcos Paulo.

Ficamos paralisadas olhando. Eles falaram por uns dois minutos e depois o Caíque estendeu a mão para ele, que aceitou o cumprimento.

Uau! É lógico que a Ingrid amou aquela cena. O Caíque não só reconheceu que tinha exagerado como foi pedir desculpas ao Marcos Paulo. Nisso ele foi melhor que eu. Eu não pedi desculpas para a Michele. Se bem que, no meu caso, ela tinha culpa no cartório sim! Mas não justificava minha reação. Enfim, espero que essa tenha sido a última cena de ciúme envolvendo as MAIS. Chega, né?

– Vai lá falar com ele, Ingrid! – a Aninha ficou toda empolgada.

– Depois... Deixa ele sofrer um pouquinho mais. Na hora da saída eu falo.

– Ingrid mostrando seu lado malvada – brinquei.

– Malvada, não. Justa – ela se defendeu. – Assim ele aprende a nunca mais agir dessa maneira. Eu já o desculpei, só que ele ainda não sabe – ela riu. – Vamos mudar de assunto? E a nossa atleta popstar? Como andam os treinos?

– Puxados – a Susana fez uma careta. – Mesmo assim estou adorando! O treinador é bem exigente, mas é assim que tem que ser. Agora o problema é na hora de ir para o vestiário. Ainda mais quando chega sexta-feira.

– Vestiário? Sexta-feira? Explica isso! – a Aninha fez uma careta engraçada, enquanto devorava um pacote de biscoito recheado, o que me causou inveja.

– É que sexta-feira é o dia semanal do chulé – ela riu.

– Dia semanal do chulé? – caí na gargalhada. – Essas suas amigas do vôlei não tomam banho, não? Que coisa feia.

– Não é isso! Hahahaha! – ela não aguentou e caiu na gargalhada também. – Elas tomam banho, o negócio é a joelheira, que fica com cheiro ruim.

– Peraí, Susana. Que história mais maluca é essa? – a Ingrid fez cara de confusa. – Chulé não dá nos pés? Como elas conseguem ter chulé no joelho?

– Vou explicar. É que a joelheira é um item importante, mas não é muito barato. O time forneceu um par pra gente, mas o ideal é que a gente tivesse pelo menos dois pares cada. A gente corre, sua muito, se

Oi, ciúme! Você por aqui de novo?

joga no chão... Com isso ela fica suada e meio suja, né? Como treinamos a semana toda, quando chega o último dia ela não está com um cheirinho lá muito agradável.

– Suas amigas conhecem duas coisas chamadas água e sabão? – não aguentei e soltei a piada.

– Claro que sim, Mari! Mas é que demora um pouco pra secar. A gente chega à noite em casa e no dia seguinte já tem que treinar de novo. Então a galera deixa pra lavar na sexta, pois terá o fim de semana pra secar. Por isso eu falei que o ideal era que a gente tivesse dois pares, pois enquanto a gente usa um, o outro já está lavando.

– Ai, que explicação mais sem noção! Fala para o seu treinador pedir mais uma verba pra CSJ Teen e comprar mais um par de joelheiras pra galera. Que coisa mais porquinha!

– Verdade, Mari – ela riu. – Boa ideia. A CSJ Teen não vai ficar mais pobre se patrocinar mais um par de joelheiras para cada uma do time. Mais da metade das jogadoras não tem condições financeiras. Depois que foram escolhidas para o time, elas ganharam bolsa de estudos e uma ajuda de custo para ir aos treinos. Tão pensando que é moleza? Correr atrás do sonho é complicado, meninas. Mas quando temos disposição ele se torna possível.

– Olha, vivendo e aprendendo... – a Ingrid fez uma cara engraçada. – Nunca pensei que existisse chulé no joelho...

O sinal tocou e voltamos para a sala. No fim das aulas, a Ingrid e o Caíque voltaram a se falar. Bichinho do ciúme: já tomamos vacina contra você!

20
Caminhos opostos

Não curto muito Carnaval. Só gostava mesmo quando era criança, pois adorava andar fantasiada. Nada contra quem gosta de acompanhar os blocos, ir para a Praça da Apoteose ver os desfiles ou mesmo sair em alguma escola de samba. Como minha agenda estava agitada desde o início das aulas, aproveitei para descansar.

A galera toda viajou e ficamos apenas eu e o Lucas por aqui. Tirei o atraso do sono. Foi muito bom!

Durante a semana, a Aninha e o Igor se falaram apenas pela internet. E, pelos papos que tiveram, ele não está namorando, tem dois irmãos mais velhos, mora por ali mesmo em Laranjeiras, tem 17 anos e está fazendo pré-vestibular para artes cênicas. Pelo visto, a Aninha encontrou sua mais nova alma gêmea! Ele é do jeitinho que ela queria, todo agitado, corre atrás do que quer. Ou seja, bastante motivado. Os dois são ligados no 220 volts, só espero que não dê choque.

A única que ainda não conhecia o Igor antes da peça era a Susana. Como ela estava por dentro da nova paquera da Aninha, tratou de convidá-lo para sua festa de aniversário, que será no próximo sábado, logo depois do Carnaval. Estou achando que os dois vão começar a namorar na festa!

Caminhos opostos

Depois que todo mundo voltou de viagem, fomos comprar os vestidos para o aniversário. A festa ia ser num clube na Lagoa e ninguém queria fazer feio. A Ingrid descobriu uma loja de roupas de festas em Copacabana que vendia com um bom desconto. Claro que fomos lá!

A Ingrid, pra variar, escolheu um modelo cor-de-rosa. A Aninha comprou um vestido vermelho, e eu, um preto. Ficamos lindas e elegantes!

E, como não poderia deixar de ser, paguei um miquinho básico. Assim que entramos na loja, que estava cheia, fomos direto para a sessão juvenil. Tontinha com tanta mulher em volta, acabei esbarrando em uma e imediatamente pedi desculpas. Só que não era uma mulher, era um manequim! Putz, tinha que ser eu para fazer uma coisa dessas...

* * *

Sábado! A festa foi marcada para as oito da noite. Tudo estava lindo demais: os enfeites das mesas, a decoração do salão, o bolo... Logo na entrada havia um pôster gigante da Susana! Os pais dela estavam felizes da vida, e a avó então, nem se fala.

A Susana estava perfeita, com um penteado de capa de revista. Apesar de não querer valsa nem nada, ela não desistiu de usar o famoso vestido branco. Parecia uma princesa.

Eram muitos convidados! A galera do CEM, do time de vôlei, parentes... Mas, apesar de ela ser a estrela da festa, todos estavam ansiosos pela apresentação do Eduardo. Era a primeira vez que ele ia cantar ao vivo com uma banda.

A Aninha estava torcendo as mãos de nervoso, olhando toda santa hora para ver se o Igor entrava no salão. Até que ela abriu um sorrisão e nem disfarçou. Levantou rapidinho e foi atrás dele na entrada.

– Nunca vi a Aninha tão empolgada por um garoto! Nem quando ela pensava estar apaixonada pelo primo, nem mesmo pelo Guiga... – a Ingrid fofocou. – Desconfio que o Igor veio mesmo pra abalar as estruturas da nossa amiga!

– Não é? – concordei. – E pensar que a gente fez a oficina de teatro com ele. Quando a gente ia imaginar que ele faria "parte da turma" depois?

– Lá vêm eles! – ela cochichou. – Vamos tentar agir naturalmente.

Apesar de a Aninha e o Guiga estarem se falando normalmente, foi um pouco constrangedor quando ele chegou e a mesa estava cheia. Ele cumprimentou todo mundo, inclusive o Igor, mas, dizendo que ia ajudar o Eduardo com os preparativos, saiu de lá. Todo mundo ainda está em fase de adaptação...

Então, resolvemos ir para a pista de dança! A festa estava bombando e tiramos muitas fotos. Umas duas horas depois, o DJ interrompeu a música para o Eduardo cantar. A cara de todo mundo era de total expectativa. A Susana ficou na frente do palco e todo mundo ficou em volta.

– Boa noite, pessoal. Tudo bem? – o Eduardo começou a falar. – É um prazer enorme estar aqui com vocês esta noite. Primeiro porque hoje é o aniversário da minha namorada, a Susana. Você está linda, amor. – Uma sucessão de gritos o interrompeu, junto com aplausos. – Segundo

Caminhos opostos

porque hoje vou cantar a música "Dentro do coração" com a minha mais nova banda. Quero apresentar pra vocês o Caio, na bateria, o Jonas, na guitarra, e o Sandro, no baixo. E eu, Eduardo Souto Maior, nos vocais.

Quando o primeiro acorde começou, a galera vibrou. O Eduardo estava lindo, de calça preta, camisa branca e jaqueta preta, que lhe dava um ar misterioso e sexy ao mesmo tempo. A Susana não conseguia parar de pular! E também não sei como ela não sentiu dor no rosto, pois o sorriso ficou colado o tempo todo. Ah, mas ela mereceu aquela cena linda! Colocaram umas luzes coloridas projetadas no palco e tudo estava sendo filmado. Pelo visto, mais um sucesso na internet!

Ele terminou de cantar e todo mundo explodiu em aplausos! Ele perdeu um pouco daquela timidez que demonstrou no dia da gravação da música e do videoclipe. E continuou.

– Valeu! – ele sorriu, arrancando suspiros das garotas, que nem disfarçavam na frente da Susana. – Hoje vou apresentar pra vocês mais uma música que compus em homenagem à minha musa. Susana, essa é pra você. "Caminhos opostos"!

Diferente da balada romântica, essa tinha um ritmo meio pop, bem dançante. Mais uma vez a galera foi ao delírio!

Eu sou do sul
Ela do norte
E sou do mar
Ela montanha

Eu quero azul
Ela vermelho
Eu quero a noite
E ela o dia

Tudo é oposto
Mas o amor é ímã
Não importam as diferenças
Estar juntos é o que nos faz felizes

*Eu quero sal
Ela doce
Eu quero o céu
E ela a terra*

*Tudo é oposto
Mas o amor é ímã
Não importam as diferenças
Estar juntos é o que nos faz felizes*

Quando ele terminou de cantar, a Susana subiu no palco e eles se beijaram, para delírio do pessoal. Logo em seguida, cantaríamos os parabéns.

– E a música nova do Edu, hein? – falei de queixo caído. – Foi uma resposta muito bem dada para todas aquelas garotas que falavam mal da Susana na internet. Bem feito!

– Pois, é! – a Aninha concordou. – Todo mundo falando que eles não tinham nada a ver um com o outro por terem gostos diferentes. Ele na música e ela nos esportes.

– Eles até podem ser diferentes. Mas, como eu sempre digo, com o amor se pode tudo! – falou a Ingrid, nossa eterna romântica.

Cantamos os parabéns e, como tudo naquela festa perfeita, o bolo estava maravilhoso! Ah, esqueci de falar! A dra. Catarina disse na última consulta que eu consegui emagrecer quatro quilos! Oba, só falta um! Não posso abusar, senão recupero tudo de novo. Mas eu não poderia deixar de comer o bolo de aniversário de uma das minhas melhores amigas, não é verdade?

E, por falar em melhores amigas, a noite estava perfeita para todas nós. A Susana, com todas as atenções voltadas para ela e para seu príncipe, galã e cantor. Eu, com o meu cineasta favorito. A Ingrid, toda fofa com o Caíque. E a Aninha, toda de cochichos e sorrisinhos com o seu novo futuro namorado, o Igor.

Como diz a letra do Eduardo, todas nós somos diferentes. Eu com o teatro, a Aninha com os livros, a Ingrid com o esoterismo e o romantismo e a Susana com o esporte. Quatro mundos que se uniram para formar a amizade perfeita.

Tudo é oposto
Mas o amor é ímã
Não importam as diferenças
Estar juntos é o que nos faz felizes

Conheça o primeiro livro da série As MAIS:

Patrícia Barboza

Mari   Aninha   Ingrid   Susana

As MAIS

Conheça o Blog das MAIS!

Acesse: www.blogdasmais.com

Impressão e Acabamento:
GRÁFICA STAMPPA LTDA.
Rua João Santana, 44 - Ramos - RJ